Interlocuteur privilégié

Daniel Gamba
Avec la collaboration de Pierre Deschodt

Interlocuteur privilégié

J'AI LU

1

Nous approchions du printemps, à cette période où l'hiver se fait prier pour tirer sa révérence. Les dernières réserves de froid luttaient contre les premières vagues de chaleur. L'élection présidentielle de 1995 était imminente. Pour la première fois depuis presque quarante ans, François Mitterrand serait simple spectateur. Il devrait plier ses affaires et quitter le palais de l'Élysée, jadis objet de son désir le plus cher, et de la persévérance sans faille de ce maître absolu des manœuvres. Il avait fini par l'enlever dans une lutte inégale, et par se l'approprier, trop supérieur en politique à ses adversaires. Personne n'aurait l'originalité de le nier. Au point que seul le terme de son parcours terrestre l'en chassa. L'Élysée... Nom étrange qui laisse penser qu'on en a fini avec les affaires humaines... Durant quatorze ans, l'un des derniers géants de la politique française s'y est tenu ferme, imposant sa loi. Tout simplement celle du plus fort.

Je me remémore les derniers instants à ses côtés, où l'homme de tant de luttes, plusieurs fois terrassé, jamais abattu était enfin hors combat. Je me rappellerai ce samedi matin toute ma vie, si longue soit-elle.

L'Élysée est toujours très calme le samedi matin, et il l'était plus encore ce jour-là. Le palais était quasiment désert, mais un sentiment étrange s'emparait des visiteurs : on jouissait moins de la paix de la ruche au repos qu'on ne frémissait de sentir la mort rôder à son aise. Ce maître adversaire, que le vieux président avait mis tant d'énergie à repousser, avait désormais partie gagnée et son emprise s'appesantissait. Depuis dix ans, François Mitterrand se battait comme un fauve contre la mort, mais cette fois l'expérience et la patience ne suffisaient plus. Et le courage n'aurait pas le dernier mot. L'homme tantôt adulé, tantôt haï, et surtout craint, que seul le père de la France libre avait tenu en respect, l'homme de tant de femmes, de tant d'espoirs aussi, était rendu. Il était très impressionnant de le voir sur sa fin, que l'on soit comme moi un soldat d'élite ou pas.

Pour l'élection présidentielle qui s'annonçait, je suis presque sûr que son intérêt était extrêmement faible. Depuis 1958, tous les sept ans sauf accident, ce fut pourtant l'échéance majeure de son existence. Mais un tel homme ne vit pas pour les autres. En dehors de soi, il ne souhaitait l'élection de personne. D'une certaine manière, une élection sans lui n'existait pas. Cependant, sans en être sûr, j'ai le sentiment assez vif de sa prédilection sensible pour Jacques Chirac. Et ce davantage à cause de Lionel Jospin qu'il n'aimait pas, que par goût pour son rival. Mais, fondamentalement, il s'en foutait : il n'était plus concerné.

Depuis quelques semaines déjà, le samedi matin était dévolu au rangement. Le président demandait à deux ou trois d'entre nous de venir l'aider. Nous étions devenus pour de bon, nous « la bande à Prouteau », les « agents noirs », les « machines à tuer », ses hommes de confiance. Par-dessus tout, il tenait à s'occuper de ses livres (ce n'est pas moi qui apprendrai au monde quel lecteur il était), qui devaient être envoyés rue de Bièvre et surtout, pour ses préférés, avenue Frédéric-Le-Play, au bord du Champ-de-Mars. C'est là qu'il faisait arranger son appartement de « président de la

République à la retraite », propriété de l'État. Il y avait là la plupart des grands auteurs français et quantité de classiques dans de superbes éditions anciennes.

Plus habitués à manier toutes les armes imaginables que les in-folio et les in-quarto patinés, nous manipulions ces ouvrages avec égard, autant par le respect qu'ils nous inspiraient que par celui, évident, qu'il éprouvait pour eux. Avec de grandes précautions, nous remplissions les cartons et nous les chargions dans une voiture pour les emporter. Nous avons passé pas mal de matinées et d'après-midi avec lui, occupés à cette tâche de déménageurs.

Par l'un de ces samedis élyséens, en ce mois de mars indécis précédant une indifférente sanction des urnes, nous voici de nouveau à la résidence du trône républicain. Vers dix heures du matin, nous nous retrouvions trois hommes du GSPR, le célèbre Groupement de sécurité de la présidence de la république. Nous devions attendre quelques minutes jusqu'à ce que nous soit transmis l'ordre du président de monter jusqu'aux appartements privés.

Arrivés à sa chambre, nous trouvâmes François Mitterrand allongé sur son lit, ses draps rejetés. Avant de nous y habituer, nous restions toujours un peu suffoqués par l'atmosphère étouffante qui y régnait. La pièce manquait d'aération, et nous respirions cette odeur discrète mais tenace de maladie sans rémission, de la mort.

De mes trente-cinq ans gonflés à bloc je regardais non sans pitié ce vieillard malade, décharné, tragique dans son beau pyjama couleur crème, naguère seul maître en France, qui devait ranger ses affaires dans des cartons comme n'importe qui au moment du départ. La pitié cependant ne m'animait pas seule. S'y mêlaient tout ensemble de l'admiration, de l'incrédulité, de la nostalgie, et un certain amusement qu'il savait très bien susciter. J'admirais l'homme arrivé si haut et si parfaitement seul, j'étais incrédule devant une telle personnification de l'appétit de pouvoir, et nostalgique des belles années où nous avions couru le monde à ses côtés. Je ne l'ai personnellement jamais craint, tout simplement parce que je n'avais rien à attendre de lui. Je me suis toujours satisfait de faire mon travail de soldat, qui a été de veiller de mon mieux sur sa personne pendant deux septennats.

Ce matin-là, le président était excessivement pâle. Il souffrait. Nous savions qu'il trouvait difficilement le sommeil. Son masque pourtant, ce fameux masque aussi emblématique de lui que la rose, restait empreint d'une énergie frappante. Il se battait encore, n'avait pas perdu sa vivacité, du moins savait-il en puiser dans le reste de ses réserves.

Sans aucune faiblesse, il lança, toujours de son lit, avec une détermination inquiète d'un soupçon de bonhomie :

— Bon, vous voilà messieurs, nous allons pouvoir commencer. Passez-moi donc ces livres, là.

Donc nous lui passions les livres et il les triait. Je m'amusais toujours un peu de cette situation incongrue, les hommes d'action dans la chambre confinée d'un vieillard bibliophile... et président de la République. Mais servir est notre unique credo... Brusquement, sans que rien l'annonçât, il interrompit le mouvement lent de ses mains amaigries et raides, les immobilisa sur la couverture de cuir fauve d'un ouvrage qui le suivrait rue Frédéric-Le-Play, leva la tête et dit :

— J'aimerais qu'on nous apporte une bouteille de champagne. Et quatre flûtes.

L'un de nous prévint le Service Privé, chargé de toutes les commodités, qui nous fit monter le vin dans les cinq minutes. Sans surprise, la bouteille était à la température idéale. L'un se chargea de l'ouvrir pendant qu'un autre tenait les flûtes prêtes. Le président était attentif à nos gestes, calme, visiblement satisfait. Nous servions et donnions à chacun un verre. Je crois qu'il tint à être servi le dernier, contre notre premier mouvement, comme il l'affectionnait assez. La situation n'était pas commune, mais nous étions suffisamment à l'aise avec lui pour ne ressentir aucune gêne. Il était toujours assis sur son lit, très droit comme à son habitude, les jambes allongées, presque immobile sauf la main qui portait le verre à ses lèvres exsangues. Après quelques minutes de cette situation, un peu embarrassante, parce qu'elle nous sortait du cadre du service – ce dont je ne peux m'empêcher de croire qu'il jouissait un peu – il tint sa flûte immobile contre sa cuisse, cligna lentement des paupières, leva les yeux sur moi et me dit :

« Bon, demandez-moi ce que vous voulez. Je vous le donnerai. »

Un temps d'arrêt marqué, pour laisser s'installer l'ambiance, puis :

« Je suis encore président, j'ai encore du pouvoir et dans peu de temps je n'en aurai plus. Il faut que vous en profitiez maintenant, la chose ne se représentera pas. »

La surprise dut se lire sur mon visage. Je ne m'attendais pas à ça. Vu la tournure de cette matinée, j'aurais pu prévoir que nous allions en arriver à quelque chose de personnel, mais pas à une distribution de grâces. La scène, tout de même, valait le déplacement. Sur le moment je n'ai pas compris où il voulait en venir, habitué à toujours devoir déchiffrer son mode d'expression peu commun : François Mitterrand s'exprimait le plus souvent en langage codé.

De sa part, ce scrupule était vraiment nouveau. Surtout vis-à-vis de nous, avant tout des soldats au service de la France. Était-ce une tocade de malade ? J'avais sous les yeux un vieux monarque encore omnipotent et qui, peut-être pour la première fois de sa vie, avait un mouvement parfaitement honnête, limpide, dans l'exercice de ses fonctions. Dans cette scène, c'était davantage l'abandon du masque, sans doute si lourd à porter, que la proposition en soi, qui était extraordinaire. Durant toutes ces années passées à le suivre partout, je n'avais jamais vu ce manipulateur sans pareil sortir de son impénétrable secret. Cela se traduisait en bizarreries inexplicables. Tout était fait pour désorienter, au point que j'en avais conclu qu'il s'agissait d'une seconde nature. C'est pourquoi je suis resté bouche bée. L'entendre, lui, François Mitterrand, dire simplement : « Je peux tout pour encore quelque temps, profitez-en » !

Il pensait évidemment à nos carrières. Comme il s'adressa à moi, je répondis le premier. Ce que j'ai dit, je l'avoue, il m'arrive parfois de le regretter : « Mais, monsieur le président, grâce à vous j'ai déjà eu tout ce dont j'ai pu rêver, même dans mon enfance. J'ai été partout, j'ai vu beaucoup de choses que très peu de gens ont pu voir, et vous avez fait de moi votre Interlocuteur Privilégié. » Interlocuteur Privilégié était mon titre. Je serai amené à en reparler.

Il est vrai qu'en revenant un instant sur ces quatorze dernières années je ne voyais pas ce qui pourrait m'arriver de mieux dans l'avenir. De Peypin-d'Aigues dans le Vaucluse où je suis né, à l'Élysée devenu ma seconde demeure, j'avais quand même fait du chemin. Après ce parcours mouvementé, je restai sans inspiration. Donc j'en suis là : « Tout ce que vous avez pu me donner je l'ai déjà eu, je ne vois rien de plus, je vous remercie, monsieur le président. »

Il n'insista pas. Il n'était ni déçu ni soulagé. Puis il se tourna vers le lieutenant-colonel F., qui était parmi nous, qui lui demanda d'organiser, avant de quitter ses fonctions, une cérémonie en l'honneur de la Garde républicaine. Le président insista un peu pour réveiller notre ambition. Comme nous étions gendarmes, donc militaires, il ajouta, de peur que nous ne doutions de son pouvoir réel sur nos supérieurs :

« Vous savez, les généraux sont des hommes fébriles. Il suffit de les secouer un peu et on en obtient ce qu'on veut. »

À cette déclaration je fus de nouveau estomaqué. En l'espace de quelques minutes, François Mitterrand avait livré deux fois sa pensée. En plus, il nous dévoilait l'une de ses bottes : la fébrilité se secoue et le fruit tombe. Ce commentaire en dit long sur le pouvoir et sur le cynisme qui l'accompagnent. Qui connaît un peu l'armée sait qu'il avait effectivement raison, au moins pour une généreuse partie des officiers généraux. Pour autant, personne n'a rien demandé. Était-ce à cause de moi, qui avais entamé l'affaire sur un pied si peu intéressant ? Je regretterais d'avoir inhibé mes camarades. En ce qui me concerne, j'avais déjà obtenu satisfaction pour la suite de ma carrière. De même pour le lieutenant-colonel F. Quant au troisième, il était de ceux qui avaient choisi de suivre le président dans sa retraite, c'est-à-dire de veiller sur lui jusqu'à sa mort.

Peut-être était-ce la solitude, ou déjà le regret du pouvoir qu'il voulait exercer une dernière fois, de la sympathie pour nous autres qui l'avions bien servi, discrètement... Je garde de la reconnaissance pour ce mouvement généreux. Il nous a tout simplement prouvé, au-delà de sa courtoisie extérieure, que nous n'étions pas que des instruments à ses yeux, mais des hommes dont il avait remarqué l'existence.

2

Paris, 10 mai 1981. Mon escadron a été appelé pour l'élection présidentielle. Pour ma part, j'ai mis une bouteille de champagne au frais avec l'intention de la boire à la victoire de Giscard. Je n'ai que vingt-deux ans, et j'ignore encore absolument tout de la politique. Je ne suis certain que d'une chose : François Mitterrand est une espèce de démon. Cela remonte à un souvenir d'enfance très vif où mon père, communiste, se répandit un soir en imprécations contre une infâme trahison du natif de Jarnac. Il était éperdu d'indignation. Peu ému du haut de mes sept ans, je ne pouvais me garder, en cette date historique du 10 mai 1981, de voir en François Mitterrand l'image même de la déloyauté.

Une chose s'ajoutait à la cause ancienne, au coup porté à mes parents, c'est que nous considérions le candidat socialiste comme hostile à l'armée. Un bruit courait selon lequel les CRS et les escadrons de gendarmerie mobile seraient dissous si la gauche arrivait au pouvoir. On parlait de représailles pour avoir tapé sur le peuple (j'apprendrai, plus tard, le pouvoir des rumeurs, véritables armes).

Ce dimanche après-midi de mai, nous étions postés porte Dauphine en réserve de maintien de l'ordre, lorsqu'un message radio nous ordonna de disparaître des rues pour nous enfermer à la caserne des Célestins. Nous devions y attendre nos prochaines instructions.

L'anxiété avec laquelle les troupes de la gendarmerie attendaient les résultats de l'élection, redoublée par ces manœuvres bizarres, est indescriptible. Ça n'augurait rien de bon qu'on nous ordonnât d'aller nous cacher.

Soudain, les résultats tombèrent. François Mitterrand était désormais président de la République. Dans la cour de la caserne des Célestins, la consternation se répandit comme une vague et devint générale, une véritable chape de plomb sur nos têtes. Tous les visages se figèrent. Le choc est difficilement imaginable aujourd'hui : tous les anciens pensaient que la fin de leur carrière était arrivée.

Pour moi aussi, tout s'écroulait à cause de cet homme qui reprenait d'un coup une importance démesurée. Je m'étais engagé, et je devais bientôt m'occuper de former l'équipe d'intervention légère de mon escadron... Tout n'était que décombres. Tout près, à la Bastille, j'entendais enfler les bruits de la fête. Des hurlements de joie incontrôlables. Un tel espoir...

Dans la nuit du 10 au 11 mai, un orage fabuleux s'est abattu sur Paris. Je n'en ai jamais vu de semblable en France : le ciel fulminait, le tonnerre faisait trembler jusqu'aux fondations des monuments, c'était titanesque. Pour ajouter au caractère réellement fantastique de cette nuit désastreuse, la pluie tombait à peine. Une telle explosion devait bien annoncer quelque chose ! On croit malgré soi, du fond des temps, au ciel augural. Je croyais cette soirée la plus noire de ma vie.

À ce moment-là, je détestais François Mitterrand, président de la République française et déjà mon patron, avec la plus entière détermination. Le reste de la nuit fut d'une morosité sans pareille, malgré cet orage unique.

La situation était donc la suivante : François Mitterrand accédait au sommet de l'État et j'étais gendarme à l'escadron de gendarmerie mobile de Mayenne.

Cette victoire engrangée, cette défaite subie, nous pliâmes nos bagages pour rentrer en Bretagne et attendre la suite. Notre fin peut-être... Quand la déraison s'empare d'un groupe, elle peut y faire des ravages. Mais le temps et l'absence de mauvaises nouvelles finirent par nous calmer.

Dans les premiers mois de 1982, mon unité se trouvait à nouveau à Paris. Deux ou trois fois par an, chaque escadron de gendarmerie mobile se déplace dans la capitale pour un mois. Un escadron est une unité autonome, avec son cuisinier, ses fourneaux, et un gérant pour les courses.

À cette époque, notre capitaine, le capitaine Quentel, était en très bons termes avec un certain capitaine Barril. Ils avaient servi ensemble à Berlin dans l'escadron de sécurité.

Je n'étais pas de cette mission. J'étais parti suivre un stage d'entraînement commando. Mais c'est à Paris que mon capitaine croisa Paul Barril qui, à cette époque, était encore l'adjoint du commandant Prouteau. Ensemble ils avaient créé le GIGN. Le talent très particulier de ces deux hommes l'anime encore.

Je ne sais par quel hasard, le capitaine Quentel lui parla de moi, et en termes élogieux. Apparemment, il tombait bien : Barril cherchait des types valables, pour certaines choses en préparation dont il ne pouvait pas parler. Il y aurait bientôt une annonce de recrutement dans les escadrons à laquelle je devrais répondre. Mon capitaine me prévint immédiatement par téléphone et je me suis porté volontaire. Je pensais qu'il s'agissait d'aller suivre la formation des équipes légères d'intervention dispensée par le GIGN. Je me trompais.

À mesure que je remplissais les papiers d'inscription, je m'aperçus que j'étais en train de postuler au GIGN. Un grand doute m'envahit. Je n'allais pas être à la hauteur. Même si j'avais déjà pensé au GIGN, j'avais tiré un trait dessus. C'était le territoire des élites, forcément inaccessible. Mais tout en étant très impressionné, je sentis monter en moi des forces nouvelles.

Cependant des bruits couraient encore – combien en ai-je entendu dans ma carrière ? – sur la dissolution du GIGN. Il aurait eu des relations un peu trop privilégiées avec Giscard, lui aurait même offert une arme au moment de son départ… Très mauvaise publicité ! Malgré la tradition de l'armée d'offrir un cadeau à son chef lorsqu'il quitte son poste.

En dépit de ces rumeurs, je fus convoqué au début de l'été 1982 pour passer les tests d'entrée. On nous demandait en somme assez peu de chose : cinquante mètres nage libre, test d'apnée (il fallait parcourir au moins cinquante mètres), nager pieds et poings liés (chose plutôt incommode), marche commando où l'on devait courir huit kilomètres en treillis et rangers avec un sac de onze kilos sur le dos (on avait intérêt à le faire en moins de quarante minutes), épreuve de tir au pistolet et au fusil et série d'exercices : pompes, tractions (il était recommandé d'en faire au moins vingt), abdos, corde, rappel, escalade, et enfin l'épreuve de sport de combat sur un ring face à un adversaire, chacun muni de protections. Pendant deux rounds de trois minutes, tous les coups sont permis : il s'agit de mesurer notre agressivité. Les tests ont duré une semaine. Aucun d'entre nous n'était mauvais. J'avais appris que le GIGN ferait une large moisson : vingt-cinq seraient sélectionnés sur plus d'une centaine, un très gros recrutement. D'habitude, ils n'en prenaient que quatre ou cinq.

Pour ce genre de tests, il importe surtout d'être régulier. Je n'étais le meilleur nulle part, mais j'étais bon partout. Cela a suffi, et quelques jours plus tard j'ai reçu un message m'annonçant que j'étais pris. C'était bien, mais ce n'était que le début. La formation fut essentiellement physique. Nous courions une heure tous les matins, puis nous faisions toutes sortes d'exercices de musculation avant de terminer par deux heures de sport de combat. L'après-midi était consacré aux armes et au tir. Le GIGN fait de nous, pour commencer, des bêtes physiques. Les tests psychologiques étaient réguliers et serrés : il faut aussi s'assurer de notre équilibre mental. Aucun de nous, jamais, n'est et ne peut être une brute ou un excité. Nous faisions une belle équipe qui respirait la force et le calme. Quant aux officiers, Prouteau et Barril en tête qui ont créé cet entraînement et l'ont subi, ils le suivaient toujours et étaient au moins au niveau de leurs hommes.

Durant toute cette préparation, nous ne savions rien de ce que l'on comptait faire de nous. On parlait d'une nouvelle unité du GIGN spécialisée dans la protection et dans la lutte contre le terrorisme. Mais je m'occupais le moins possible de ce qui se disait. Je me concentrais sur la tâche, pour être à la hauteur. En fait je n'ai vraiment souffert que d'une chose, c'est de la vétusté, du délabrement presque sordide des installations du camp de Mondésir, près d'Étampes, où j'ai passé trois mois. Autant que possible, j'essayais de me détacher des résultats. J'avais fait le vide dans mon esprit sur le sujet. Le vide fut comblé dans les quelques jours par mon avis de mutation définitif à Satory, siège du GIGN. J'entrais dans l'élite des soldats français. J'étais fier, mais toujours sur mes gardes.

Je ne savais pas encore que j'allais croiser, puis accompagner la route illustre et implacable de François Mitterrand.

3

Nous avons attendu un certain temps avant d'être rassurés sur le destin de nos unités. Il faut se souvenir que la France était dans un état d'effervescence inédit depuis 1968. Nous avions bien quelques excuses à notre nervosité : en 1981, la panique entraîna même certains exils volontaires dans la classe possédante, bien que la réalité ne fût pas à la hauteur de l'inquiétude. Pour nous autres soldats, la peur était encore moins rationnelle, mais dura quand même plusieurs mois. Elle fut aussi favorisée par une série de mesures du début du septennat. D'abord on nous fit comprendre qu'il serait mal venu, dorénavant, d'utiliser la tenue spéciale pour le maintien de l'ordre qu'on appelle tenue 4S. C'est la tenue couramment portée par nos troupes en faction et par les CRS (mais le haut est noir pour les gendarmes et bleu, comme le pantalon, pour les CRS). Mesure d'autant plus stupide que nous utilisions cette tenue pour la plupart de nos missions, elle était la mieux adaptée à notre métier. Un esprit inquiet et démagogue, en haut lieu, avait dû considérer qu'elle nous donnait un air trop guerrier, et nous imposer officieusement une tournure plus pacifique. On n'a jamais su précisément d'où venaient les ordres. En ajoutant à cela le « péril rouge », ce rapprochement pressenti de la France avec l'URSS, pris très au sérieux par les États-Unis, on obtient un cocktail qui échauffe les esprits.

Une autre « recommandation » fut de nous montrer « discrets » en cas de manifestation et de mouvement de foule. Nous aurions sans doute dû, dans l'esprit de nos nouveaux théoriciens, sans exagération et sans dépit, nous cacher carrément ! C'était l'engagement adouci... Nous avons donc commencé par reprendre la tenue traditionnelle, excessivement moins commode et même gênante. Ma convocation à Satory me paraissait cependant normale. Je ne voyais pas d'embûches, on ne me donnait pas de contre-ordre. Apparemment le GIGN devait continuer d'exister, avec moi pour l'un de ses hommes. Je commençais à entrevoir que les rêves sont faits pour être réalisés.

Le stage de formation à Mondésir avait été écourté : trois mois au lieu de six. Nous devions former une nouvelle branche de la maison et l'intention des patrons était de le faire vite. Par conséquent, formation accélérée. Une vingtaine d'hommes avaient été choisis. Nous étions dans un flou d'autant plus exaltant que nous serions encadrés par les pionniers du GIGN, des légendes vivantes... Selon mon habitude, je me consacrais uniquement à ce que j'avais à faire. D'autres stagiaires étaient plus curieux, moi je ne me posais aucune question. Cet inconnu me stimulait.

Petit à petit, nous fûmes mis au courant. Il fut question de protection de personnalités, plus précisément de protection du président de la République, de lutte antiterroriste... Les noms de DGSE, de DST apparurent, et ceux de tous les éléments de la sécurité nationale, pour nous expliquer que nous serions le dernier maillon de cette chaîne, que nous aurions à charge la protection du cœur de l'État... Diable ! Je ne savais pas encore combien ça allait être drôle, à côté de toute la tragédie du monde, en particulier de celui où j'allais faire mon entrée.

Je n'étais qu'un soldat mais j'étais aussi le mieux placé pour savoir à quel point nos chefs ont été capables. Pour cela je dois revenir à cette époque cruciale de décembre 1982. Comme j'étais le plus jeune – j'avais vingt-quatre ans –, le capitaine L., à la fin de la formation, avait hésité à me prendre. Crainte de l'immaturité malgré les tests sans nombre à travers lesquels j'étais passé. Durant l'entretien il me toisa, impassible, et me dit :

— Je ne sais pas pourquoi, mais quelque chose me dit de vous garder.

Pour moi, la réflexion était heureuse. Il s'en est tenu là et j'apprécie son instinct.

Il me faut apporter quelques explications sur ce que je serai amené à raconter concernant mes fonctions. Je n'ai jamais eu de poste de commandement, donc ce n'est pas moi qui prenais les décisions. Je n'étais pas censé tout savoir. Pourtant j'ai toujours été au cœur du problème. J'ai toujours occupé une position centrale dans les événements que j'évoquerai, dont j'ai été au moins le spectateur sinon l'acteur. Certains faits, au moment où je les ai vécus, m'ont paru anodins. Depuis, avec la survenance de certaines enquêtes, de différents procès, la publication de livres, d'articles de presse, j'ai pu faire des recoupements.

Il me faut revenir quelques mois en arrière pour expliquer mon affectation au GSPR. En mai 1981, tout juste élu président de la République, François Mitterrand dissout l'Assemblée nationale. Les élections qui suivent donnent la majorité absolue des sièges au camp présidentiel : c'est la « vague rose », qui livre à la gauche un pouvoir qu'elle n'a pas tenu depuis vingt-cinq ans. Mais un quart de siècle d'opposition signifie que tous les postes clés de l'administration, en cette année 1981, sont entre les mains de la droite ennemie. Les hommes à la tête de l'armée comme de la police ne sont pas de gauche. Les militaires ne sont pas censés faire de politique mais tout le monde sait qu'un général est nommé en Conseil des ministres, et que son cœur se porte rarement vers la gauche. Le général de Boissieu, grand chancelier de la Légion d'honneur, en donnera une illustration fracassante en refusant de remettre le cordon de grand maître de l'ordre à François Mitterrand. Dans cette logique, il démissionnera. Peut-être le faux attentat de l'Observatoire[1] l'a-t-il malencontreusement marqué. La gauche a beau être au pouvoir pour au moins cinq ans, dans une position de force maximum, l'atmosphère est tendue.

L'affaire de Boissieu n'est évidemment pas faite pour arranger les choses – 1981 marque certainement la dernière vague d'inquiétude face à l'armée en France. Sans que la peur soit justifiée, il est vrai que, de la part de l'armée comme de la police (à elles deux, elles représentent toute la force armée du pays), la gauche ne peut que sentir de l'hostilité, au moins de la défiance. Il est alors flagrant que les patrons de la police ne continueront pas à servir de gaieté de cœur. Il aurait donc fallu remplacer tout ce monde, mais les services doivent continuer à tourner grâce à ceux qui les connaissent. Il faut au moins le temps de trouver ceux qui seront des alliés fidèles. À ce moment-là, pour les nouveaux patrons, il faut savoir faire évoluer les convictions.

Le chantier, en plus des multiples promesses faites aux électeurs, qu'il fallait tenir ou faire semblant de tenir, était énorme. Sans compter que les ministres tout juste nommés par le président n'avaient pas encore l'expérience du pouvoir. François Mitterrand n'a sans doute jamais autant travaillé de toute sa vie. Lui-même vieux routier de la politique s'il en est, son équipe gouvernementale n'en était pas moins faite de novices. Ce

1. Le 15 octobre 1959, François Mitterrand est victime d'un attentat avenue de l'Observatoire, qui se révèle une mise en scène orchestrée par lui – et le discrédite alors fortement.

qu'on ne peut pas leur enlever, c'est qu'ils avaient faim. D'un autre côté, au sommet de la police et de l'armée, l'inquiétude était justifiée. Et l'ambiance de suspicion était extrêmement communicative.

Comme si le tableau n'était pas suffisamment noir, une vague d'attentats déferlait sur la France. C'était l'époque de l'explosion à la synagogue de la rue Copernic, des attentats antisémites de la rue Marbeuf, du mitraillage du restaurant Goldenberg de la rue des Rosiers. Le président avait beaucoup à faire.

L'affaire Farewell ajouta encore au climat délétère de la période. Elle est aussi un bon exemple de l'hostilité de certains envers le nouveau pouvoir. Gilles Ménage, qui fut longtemps directeur de cabinet de François Mitterrand, en parle assez précisément dans son livre *L'Œil du pouvoir*. Farewell serait le nom d'un agent double qui, de Moscou, avait contacté la direction de la DST afin de collaborer avec l'Occident. Le patron de la DST, qui n'était pas un homme du président, transmit l'information selon laquelle un colonel russe serait prêt à passer de l'autre côté, plus quelques renseignements déjà livrés. La chose n'était pas forcément bienvenue, au moment où la France avait l'intention de réchauffer ses relations avec l'Union soviétique. L'agent Farewell n'ayant jamais été identifié de façon formelle, le doute s'est installé et certains ont pu penser que la CIA avait organisé une supercherie pour empêcher le rapprochement de la France avec l'URSS. C'était plausible. À l'Élysée, on ne croyait pas à cette histoire d'agent. La DST, voyant que ses informations n'étaient pas utilisées comme elle l'entendait, aurait alors organisé des fuites dans la presse et notamment dans *Le Monde* par l'intermédiaire d'Edwy Plenel. Le but était toujours le même : ruiner l'amitié franco-russe en forçant la main au gouvernement. Il n'est pas impossible que la CIA ait organisé cette campagne. Il faut reconnaître que la présence de ministres communistes dans le gouvernement français avait de quoi inquiéter les États-Unis. Ils ne pouvaient pas comprendre que la France, puissance nucléaire et membre éminent de l'Otan, envisage des relations amicales avec l'ennemi universel.

François Mitterrand constata donc qu'il n'avait pas grand monde sur qui s'appuyer. Particulièrement dans le domaine si sensible du terrorisme. La France fut frappée au cœur de sa capitale par les horreurs de la plus aveugle et de la plus vile des guerres : des attentats abjects. Le président n'avait aucun moyen d'agir de son propre chef. Or il fallait une réaction immédiate. La lutte contre le terrorisme est une priorité absolue pour tout chef d'État qui y est confronté. Cette douloureuse situation nous a servis : certains proches de l'Élysée, en particulier Charles Hernu, ministre de la Défense et fils de gendarme, François de Grossouvre et André Rousselet, rappelèrent à François Mitterrand l'existence de certains serviteurs de l'État, qu'ils lui vantèrent comme un corps d'élite, intègre et apolitique. Il était composé, lui affirmèrent-ils, de vrais militaires, accusés à tort d'être de droite, en tout cas sans étiquette dans l'exercice de leurs fonctions. Ces hommes étaient des gendarmes et c'étaient précisément ceux du GIGN. Le président ne balança pas : c'était une de ses qualités de décider vite. Nous fûmes ainsi projetés au cœur du pouvoir, en sauveurs !

4

À la tête du GIGN se trouvait son fondateur, le commandant Prouteau. On ne pouvait dire de lui qu'il était à droite ou à gauche. Déjà une aura d'héroïsme l'entourait. Dans les milieux où l'on connaissait ses états de service (le GIGN faisait déjà l'admiration du monde entier) son nom était respecté et naturellement craint. Il était la personne dont François Mitterrand pouvait le moins douter. Je l'affirme pour l'avoir eu près de quatorze ans comme supérieur, balayant tout ce qui vise à noircir la réputation d'un homme de devoir aux capacités inégalées. Les médisances et les pires accusations dont il a pu souffrir étaient inhérentes à son état d'homme de l'ombre. Le genre de situation dans laquelle il s'est distingué provoquait souvent les affirmations les plus fantasques de ceux qui sont le plus loin des affaires.

Le commandant était un homme entièrement voué à sa mission, le fonctionnaire d'élite que n'attirent ni le pouvoir, ni le mystère ni, et encore moins que tout le reste, l'argent. Son désintéressement seul devrait suffire à restaurer son image.

Je ne sais pas si je dois l'appeler le commandant ou le préfet. Commandant lui va mieux, le titre de Préfet lui convient seulement parce qu'il peut évoquer Rome et qu'il a une tête de Romain. Le choix de ce Romain par François Mitterrand est, à mon sens, l'un des meilleurs de quatorze ans de pouvoir. Il allait prendre en charge la sécurité de la présidence. Autant dire qu'il la créa. Quand j'entends encore parler du côté « sulfureux » du commandant Prouteau, je me demande qui, de tous ceux qui ont approché ce pouvoir pendant quatorze ans, a échappé aux émanations de soufre.

Début 1982, Christian Prouteau reçut une convocation à l'Élysée de François Mitterrand en personne. Il lui fit part de ses nombreuses préoccupations, de celles pour lesquelles il estimait que le commandant pouvait quelque chose : politiquement, il fallait montrer à la France que son président avait des ressources, qu'il était capable de réagir face à une situation presque pourrie par l'esprit de défiance, les craintes mutuelles, les massacres dans les rues de Paris et l'atmosphère nationale en général, au moins pesante... La charge était lourde sur les épaules du commandant qui l'endossa comme un sac de soixante kilos pour une mission de commando de recherche et d'action en profondeur.

Tout le monde sait que François Mitterrand n'était pas homme à livrer ses préoccupations. Mais il savait très bien se faire comprendre. Parmi une multitude, j'ai un bon exemple de sa manière de faire. Quelques années après la convocation du commandant à l'Élysée, nous étions à Reykjavik en voyage officiel, notre président marchait côte à côte avec le président islandais. Ensemble ils arpentaient une des plus belles parties de la ville, très dégagée. Nous avions beau être en pleine rue, il n'y avait personne. Le calme régnait. Il faisait froid avec un plein soleil lointain aux rayons adoucis. C'était une magnifique journée d'hiver qui pouvait prêter à la contemplation. J'étais à moins de deux mètres derrière les deux chefs d'État qui discutaient. Une ou deux fois, le président (qu'il soit définitivement entendu que lorsque j'écris « le président » il ne s'agit de personne d'autre que François Mitterrand, celui par qui je servais la France) tourna légèrement la tête. Je n'étais pas proche de lui depuis assez longtemps pour le comprendre au moindre de ses signes. Par la suite je m'y trompais moins. J'avais surtout fini par comprendre que l'expression de sa volonté d'une manière très estompée, par un mouvement de la tête, un regard et plus rarement un geste de la main, était une marque de majesté qu'il affectionnait. Ainsi, à défaut d'une emprise universelle, aimait-il à s'entourer de ceux qui le saisissaient. Je dus apprendre, mais à la différence des courtisans, c'était une nécessité de mon travail. Me voyant sourd à son langage, il laissa son homologue le devancer de quelques pas pour que je le rejoigne et consentit à user de sa langue : « Vous savez, monsieur Gamba, l'Islande est un pays très tranquille. On y déplore très peu de criminalité. La dernière fois qu'un crime de sang y a été commis, c'était il y a dix ans. »

Il fit cette sortie sans me regarder, avec douceur et une intonation légèrement ironique avec laquelle je devrais aussi me familiariser. Puis il rejoignit le président islandais. C'était sa manière en général. Cette façon de faire avait aussi ses bons côtés, car la grandeur à laquelle il prétendait ne lui permettait pas d'être grossier. Personnellement, j'ai apprécié cette cohérence.

Pour revenir au chaos de 1982, le président se vit dans la quasi-obligation de s'adresser à ce jeune officier déjà glorieux (il avait environ trente-cinq ans à l'époque), et de se reposer sur lui de charges de première importance. La convocation en question ne fut pas un examen d'embauche. François Mitterrand savait ce qu'il voulait. Il avait décidé que cet homme lui serait dévoué, ce qu'il fut sans la moindre réticence, la question ne mérite même pas d'être abordée. C'est peut-être de cela seulement que le président a voulu s'assurer. De toute manière, il n'avait pas le choix, il fallait que Christian Prouteau soit le bon cheval. Peu lui importait que quelqu'un dont il avait besoin lui fût sympathique ou pas. Cela ne l'empêchait pas d'avoir ses inclinations, mais elles n'ont jamais été prioritaires. Cependant je crois qu'avec le commandant le courant passait, comme on dit. Son trajet pour rencontrer le président à l'Élysée fut un aller simple.

Je crois que François Mitterrand a pris ses meilleures décisions dans la promptitude. Il était certes conseillé (j'ai dit, par exemple, qu'on avait attiré son attention sur nous), mais il décidait absolument seul, très vite, et il avait cet art très particulier de faire qu'une décision ne fût jamais irrémédiable. Ainsi le commandant s'installa à l'Élysée comme chargé de mission, tout en continuant à diriger le GIGN.

Christian Prouteau dut découvrir le système par lui-même, François Mitterrand étant homme à abandonner les personnes à leurs responsabilités. La prudence était le fond de son caractère.

Jusqu'à son entrée au palais, le commandant était resté dans l'isolement de sa création, cette cellule d'action d'élite, respectée, et dont la réputation rejaillissait naturellement sur ses supérieurs sans pouvoir les inquiéter. Il était tout juste officier supérieur et taillait son joyau dans son coin sans nuire à personne.

Le premier constat du commandant fut l'indigence de la France en matière de lutte antiterroriste. La calamité du terrorisme était assez récente. Elle remontait à 1972 aux Jeux olympiques de Munich. La lutte antiterroriste exige un investissement considérable en moyens et en temps, et ceux qui pouvaient s'en occuper à l'époque avaient d'autres chats à fouetter. Il s'aperçut ensuite, fréquentant beaucoup le président, que sa sécurité était mal assurée. Le service du Voyage Officiel s'en chargeait encore et choisissait les hommes uniquement en fonction de leur étiquette politique, par cooptation. La sélection était inexistante et, chose bien plus grave, la formation et l'entraînement aussi. Tout le contraire de nous, sévèrement sélectionnés, longuement formés et durement entraînés. C'est précisément afin de transformer cette organisation défectueuse qu'une vingtaine d'hommes, dont j'étais, furent engagés.

Suivant l'ordre des constatations, le commandant créa d'abord la cellule antiterroriste sous le nom de Gam (groupe d'action mixte). Il en devint le patron officiel. Je le revois encore, accompagné de deux hommes de chez nous, Renaud P. et Charley J., que nous appelions ses dobermans (le « grand », comme nous surnommions le commandant, n'avait évidemment pas besoin de dogues pour se défendre). Selon lui, le Gam devait se consacrer entièrement à la lutte antiterroriste. C'était la première condition du succès. Les hommes du Gam ne devaient pas être détournés de leur mission au profit, par exemple, de la protection. Le commandant ne concevait aucune dispersion. Il avait décidé parallèlement, pour répondre au second impératif, qu'un groupe d'officiers et de sous-officiers serait transféré à l'Élysée pour organiser la sécurité du président. Tout cela fut décidé et mis en place en quelques semaines, délai exceptionnellement rapide en France.

Pour créer la cellule antiterroriste, le commandant se tourna vers son adjoint de toujours, le capitaine Barril. Très vite, ils subirent des contraintes et furent forcés, pour ménager les susceptibilités, de créer un corps mixte, composé de gendarmes et de policiers à parts égales (la « guéguerre » des services est une nuisance française sur laquelle il y a encore beaucoup à dire). Les actions du Gam devaient être dirigées par Paul Barril conjointement avec le commissaire Pellegrini, de l'Office central de répression du banditisme. Même si le commandant Prouteau en était toujours le patron administratif, cette structure était en dehors du GIGN.

L'amalgame a été trop souvent fait entre les deux. Paul Barril en prit la tête quand le commandant fut officiellement nommé chargé de mission à l'Élysée. Pour tout le monde, et surtout pour ceux qui s'y trouvaient bien confortablement nichés, ce fut « le GIGN qui débarquait à l'Élysée, » et menaçait de l'envahir. À peine créée, la cellule antiterroriste multiplia les enquêtes. Les premiers frottements ne se firent pas attendre. Policiers et gendarmes étant sous l'autorité unique du commandant, les deux hiérarchies grinçaient : celle de la gendarmerie parce qu'elle ne contrôlait plus Prouteau qui dépendait désormais directement du président, et celle de la police qui sentait ses propres hommes lui échapper, au profit d'un gendarme. Pour être efficaces, il était cependant nécessaire d'être indépendants, d'échapper aux hiérarchies pesantes et jalouses. En ce qui nous concerne, Prouteau et nous-mêmes, notre seule mission n'a jamais été que celle de servir la nation. On peut bien sourire à cela, avec l'ironie aigre des opportunistes, la raillerie affolée des paresseux, tous ceux qui n'aspirent à rien qu'au gruyère éternel, le mot « servir » n'en a pas moins un sens pour certains. Mon dépit vient de ce que la mesquinerie ambiante a pu amener la fin d'un corps efficace comme le Gam quand l'efficacité est notre seule recherche.

Jusqu'à notre « débarquement », l'Élysée était la « chasse gardée » de la police. Il est bien connu – et c'est une expérience très partagée – que la jalousie donne des hallucinations. La police ne voyait que ses intérêts bousculés, et le côtoiement des grands lui échapper.

Au début, ces tiraillements n'empêchaient pas la cellule antiterroriste de travailler. Le capitaine Barril mena les premières investigations tous azimuts. Il était forcément dans le flou. Il n'a pas très bonne réputation, mais c'est de sa faute et c'est à tort. Barril est un génie de la réalisation. Il a toujours été capable de résoudre n'importe quelle difficulté d'une mission, sans jamais se laisser troubler par les situations les plus invraisemblables. Ne citons que la prise d'otages de La Mecque, où l'on fit appel à lui dans le plus grand secret, et où il fit endormir au gaz les terroristes que les autorités n'eurent plus qu'à cueillir comme des fruits mûrs. Il était capable de sortir des « trucs » de stratège, de braconnier ou de contrebandier. Son grand défaut fut de se prendre pour James Bond, en tout cas de le montrer. Chez nous, il se baladait toujours avec deux ou trois armes quand chacun se contentait d'une seule. Dans les livres qu'il a écrits, il s'est toujours plu à cultiver le mystère. L'extravagance a nui à cet homme aux compétences exceptionnelles. Je suis prêt à parier que si Paul Barril avait été américain, les Twin Towers de Manhattan seraient encore debout. Ce que l'on pouvait prendre chez lui pour de la déraison était en fait souvent l'autre visage de sa compétence ; il aurait pensé à une telle attaque, il aurait découvert sa préparation et peut-être l'aurait empêchée. Mais de stériles luttes internes nous ont privés de cet homme de grande valeur, en ont privé le pays.

La cellule antiterroriste, telle qu'elle fut créée sous le nom de Gam, se disloqua par les suites très suspectes de l'affaire dite des « Irlandais de Vincennes[1] ». Par ses relations à la DGSE, le capitaine Barril avait appris que trois membres de l'Armée nationale de libération de l'Irlande préparaient une action contre les intérêts britanniques à Paris. Action violente, cela va de soi. Il s'agissait des mêmes hommes qui, selon les services anglais, avaient perpétré l'attentat contre les Horse

1. Trois irlandais sont arrêtés le 28 août 1982, et présentés comme des terroristes internationaux. On soupçonna le capitaine Barril et les hommes du GIGN d'avoir fabriqué de fausses preuves pour les confondre.

Guards à Londres. Or il fallait que le Gam, organe nouveau et critiqué, obtienne rapidement des résultats. D'abord pour démontrer l'efficacité du président de la République, et en deuxième lieu pour justifier son existence.

Les trois hommes avaient été repérés dans un appartement de la commune de Vincennes. Ils étaient sous surveillance en attendant la décision d'interpellation. À cette époque, 1982, la justice n'avait pris aucune mesure particulière contre le terrorisme (comme celle qui permet aujourd'hui au juge Bruguières de pratiquer des interpellations multiples sur simple doute). Il nous était impossible d'interpeller sans preuve. Légalement, il aurait fallu surveiller les Irlandais jusqu'au flagrant délit, au moment où ils déposeraient leur bombe devant le consulat britannique. L'action fut décidée et menée en dépit de la faille juridique. Ceux qui la dirigèrent et l'exécutèrent savaient parfaitement à qui ils avaient à faire avec ces trois hommes : à d'authentiques terroristes, des assassins professionnels. Le GIGN prêta son appui à l'intervention. Comme nous agissions illégalement, un certain nombre de preuves furent introduites dans l'appartement, notamment des armes. Il est indiscutable que ces hommes méritaient d'être arrêtés, et je crois qu'on ne discuterait pas de la légalité de notre procédé aujourd'hui. Mais ce qui paraîtrait scandaleux désormais (discuter de la légalité de l'arrestation de terroristes) et à plus forte raison depuis le 11 septembre 2001, ne l'était pas dans le début des années 1980. D'autre part, une quantité de gens trop connus de nous se firent un plaisir de donner le maximum de publicité à cette opération qui, sur le fond, était juste pour tout le monde. La fameuse guerre des services déjà citée, nuisible au maintien de l'ordre en France, en est la première responsable. Nous étions évidemment victimes de ces hiérarchies qui ne supportaient pas que nos actions leur échappent. Ces actions spéciales, dépendant d'eux, ne seraient pas risquées ou mal menées. L'opposition, jouant sa partie, exploita cette affaire très banale pour en faire un scandale, une occasion de prouver que le pouvoir en place était incapable de gérer le pays. Accessoirement, l'action avait été parfaitement menée et prouvait l'efficacité d'un service à peine créé. La suite est connue : l'intervention de la justice au sein du Gam, l'affaire d'État, le capitaine Barril forcé de démissionner, la cellule antiterroriste dissoute. Un grand nombre de nos ennemis, directs ou indirects (nos propres confrères et les politiciens de l'opposition), s'en sont félicités. Voilà les méfaits des premiers défenseurs supposés de l'intérêt de la nation. Mais j'avais encore des illusions...

Après cet épisode, il ne faut plus s'étonner des rancœurs de Paul Barril ou de Charles Pellegrini, dont leurs livres sont pleins. Tant de compétences mises au service et sacrifiées... Le président n'a pu sauver que la tête du commandant et de ceux qui n'avaient pas trempé directement dans l'affaire. Homme avisé ! Il gardait le cerveau.

5

Le second impératif de Christian Prouteau fut la réorganisation complète de la sécurité du chef de l'État. Grâce à ce projet accepté, il fut protégé par l'Élysée dans le scandale des Irlandais. Cette protection, périlleuse pour la présidence elle-même, asseyait solidement la position du commandant. Dès lors, il eut les mains libres. Ceux qui ne l'aimaient pas étaient loin d'être débarrassés de Prouteau.

La mise en pratique de la théorie sécuritaire du commandant fut confiée au capitaine L. Alain L. est celui qui avait douté de ma maturité avant de me faire finalement entrer au GIGN.

Nous étions en 1983. Frais émoulu de la formation de base, j'avais vingt-cinq ans, les muscles déliés, les réflexes instantanés, un souffle à faire exploser les appareils de mesure, et je me retrouvais mis à la disposition de l'Élysée. Toute l'habileté, toute la patience de François Mitterrand se dévoilent dans cette aventure. D'aucune manière, comme certains professionnels de la révélation se sont plu à le dire, Christian Prouteau n'avait barre sur le président. Même s'il avait donné son accord pour l'organisation de sa sécurité, François Mitterrand laissait venir les choses, les observait sans s'engager. Il ne risquait jamais de s'empêtrer.

Notre priorité fut de mettre en place une manière d'organisation. Je dis « une manière », parce qu'il nous fallut presque improviser en raison de la distance et de la quasi-ignorance dont le président nous gratifiait. Il s'était suffisamment engagé à son goût en confiant cette mission au commandant. Il nous fallut donc prendre nos marques nous-mêmes. En fait, nous « envisagions des systèmes de travail ». Nous devions impérativement rendre la protection présidentielle cohérente : nous avions remarqué que le président pouvait être bien protégé dans certaines circonstances, mais qu'à la minute suivante il se retrouvait dans la rue avec deux personnes inattentives. Nous souhaitions une sécurité permanente, assurée à chaque seconde de chaque jour de l'année, et avec le même intérêt, la même attention dans un restaurant parisien qu'à Beyrouth. Notre unité prit le nom de GSPR (Groupement de sécurité de la présidence de la république). Au départ nous étions une vingtaine d'hommes.

Il fallait aussi comprendre comment « fonctionnait » l'homme François Mitterrand, notre premier souci étant de nous imposer à lui. Or, il était très peu disposé à se voir envahi. Sa prétendue paranoïa est une contre-vérité que je tiens à dénoncer. Nous sommes seuls responsables de ces attaques : François Mitterrand considérait plutôt que nous le gênerions. Il pensait en particulier à sa vie privée, dont il souhaitait écarter les témoins. Ce n'est que petit à petit qu'il s'est laissé convaincre par son entourage, mais toujours à sa manière, qui était l'attente du bénéfice à retirer.

La mise en place plutôt lente (à nos yeux) du GSPR ne nous a permis d'être à pied d'œuvre qu'au printemps 1983. De quoi peaufiner notre formation au combat corps à corps, au tir, à l'inspection des lieux et à tout ce qui concerne la protection. Maîtriser un homme à main nue, ne pas rater une cible mouvante, retrouver des micros, détecter des explosifs, balayer n'importe quel lieu du regard en quelques secondes en notant tous les dangers possibles, nous savions faire. Puis nous avons réussi à imposer une protection permanente, relativement flottante au départ mais qui allait se resserrer jusqu'au cordon inexpugnable. Avant nous, quand le président allait déjeuner, tout le monde se dispersait pour déjeuner et, quand il se couchait, tout le monde rejoignait son lit.

Nous avons commencé par suivre le président partout. À notre arrivée, nous n'avions pas l'intention de faire le ménage, mais nous avons constaté des défaillances intolérables pour une sécurité digne de ce nom. Une fois de plus, les mêmes envieux donnèrent de la voix. Notre présence était apparemment stimulante !

Le service du Voyage Officiel était capable de faire du bon travail, mais il pouvait se distinguer par une absence remarquable. Il n'y aurait pas eu de raison de remplacer un bon système, mais les défaillances existantes renforcèrent l'action du GSPR qui finit par obtenir, dans les dernières années du dernier septennat, ce qu'il y aurait de meilleur au monde en matière de sécurité.

Les premières années, le président sortait énormément. Comme il était méfiant et dans l'expectative, nous le suivions de loin, sans avoir encore aucun contact avec lui. Tout au plus savait-il qui nous étions. En général, nous quittions l'Élysée pour le suivre vers huit heures et demie, neuf heures chaque soir. Nous devions agir en douceur pour nous rendre discrètement indispensables et gagner du terrain, petit à petit, en stratèges. C'était l'époque où il rentrait tard, souvent très tard, rendre son tribut au sommeil. Il se couchait couramment à deux ou trois heures du matin. Il avait des horaires de jeune homme. Il faut dire qu'il ne commençait jamais sa journée avant neuf heures. Dans l'après-midi, il s'accordait une sieste.

De ses virées nocturnes, je suppose qu'elles étaient galantes pour la plupart. Nous étions encore trop distants pour savoir avec précision, mais certains soirs son attitude était nettement plus secrète. À ce propos, il fallait le voir dans une assemblée : nous étions jeunes en majorité, donc attentifs, mais il n'y avait pas une belle femme dont la présence pût lui échapper et qu'il ne remarquât le premier. Il repérait l'élément féminin comme un radar, même au milieu de la cohue. Ça nous amusait. Il accordait un regard particulier aux femmes, chaleureux et négligemment insistant. D'ailleurs il ne se cachait aucunement de mater ferme, sans aucune gêne. Dans ces années 1983, 1984, il y eut beaucoup de trajets nocturnes. Quand je n'étais pas de service, j'avais un compte rendu le lendemain au footing. Il fallait bien qu'on échange les informations… De là j'ai pu supposer que notre président disposait d'une vigueur que l'âge avait très peu entamée.

On peut se demander quel intérêt nous trouvions à ces factions de nuit au pied d'un immeuble où quelque part, derrière les rideaux d'un appartement, François Mitterrand jouissait du pouvoir. D'abord, s'engager à servir implique que l'intérêt d'une mission ne doit pas compter et doit s'effacer derrière la nécessité. Nous acceptions d'être les pièces d'un dispositif, finalement toutes d'une importance égale. Chez nous au GIGN, je n'ai jamais connu de tensions à cause de telle ou telle préférence de poste, même quand je devins Interlocuteur Privilégié. Un corps d'élite, en plus de l'entraînement et du savoir-faire, repose aussi sur cette entente.

Cette période était passionnante. C'était la phase de l'« encerclement », où nous commencions à voir céder les réticences de François Mitterrand, et qui ressemble aux premières approches de la séduction. Et puis nous étions plutôt fiers, en dignes Français, de savoir notre président galant homme.

Bientôt notre existence fut légalisée par un décret officiel. Ce fut notre première victoire. Cependant, malgré notre présence à l'Élysée, malgré le droit de travailler en civil, de nous investir dans certaines missions, nous étions encore loin du président. Nous n'avions toujours pas le contact direct, indispensable.

Étrangement, notre arrivée fut encore plus médiatisée que la création du Gam. La presse, la télévision parlèrent de nous. Partout c'était : « Les gendarmes investissent l'Élysée », « Le GIGN chez le président », « Christian Prouteau, homme du président ». Tous ont péché par anticipation. Nous sommes arrivés sans tambour ni trompette, c'est le moins qu'on puisse dire : par équipes qui se relayaient jour et nuit, nous passions souvent des journées entières à l'Élysée. À défaut de l'emploi du temps du président, nous faisions le pied de grue dans l'attente du moindre mouvement. Nous n'étions intégrés à aucun circuit d'information, et franchement écartés de toutes les prises de décision. Mais on ne peut rien contre un décret, et seul un dérapage comme celui des Irlandais avait pu liquider le projet. Nous avons finalement trouvé notre place au prix d'une combativité incroyable. Pas question de se laisser démolir une seconde fois : nous aussi, nous avions décidé d'abandonner toute naïveté.

Les premiers mois, nous ne pouvions travailler qu'à la réaction immédiate : on voyait sortir le président et on le suivait. Il faut comprendre, avec notre souci de perfection, ce que ce bricolage signifiait pour nous.

Notre premier voyage officiel nous démontra à quel point nous étions indésirables. On ne nous apprit que la destination, et tout fut délibérément organisé dans notre dos, y compris les réunions avec la police locale. Il fallut combler ce vide : nous provoquâmes de nouvelles réunions avec les mêmes responsables étrangers. Pendant quelques mois, les services de la présidence française durent se faire une réputation de désordre déplorable. Évidemment, le président ne prenait pas parti.

De son côté, le commandant Prouteau se battait contre toutes les hiérarchies. On a même tenté de l'intimider. C'était mal le connaître, ou croire la faiblesse trop répandue. Pourtant il n'avait pas forcément affaire à des imbéciles, et certains avaient déjà percé la politique personnelle du président. Cet assaut en règle empêcha le commandant de s'occuper des détails de notre travail. Nous nous sommes imposés dans la tourmente. On ne peut pas bien appréhender, de l'extérieur, le poids, la permanence des luttes d'influence autour du pouvoir, la ruse et la rage qu'on y dépense. On nous a mis des bâtons dans les roues d'une manière insensée. De notre côté, nous cherchions à faire un travail propre, en respectant certaines règles de formation, ne serait-ce que physique. Quand on voit un quinquagénaire bedonnant, la cigarette constamment au bec, qui boit son coup à la première occasion, affecté à la sécurité du président, il y a une faille. C'était malheureusement le cas. Mais il n'a pas suffi de débarquer, officiellement établis, jeunes et surentraînés, pour être accueillis à bras ouverts. À force de brimades et de mises à l'écart, nous avons appris à nous imposer seuls. Malheureusement pour nos concurrents, ça nous a rendus plutôt malins.

Notre première mesure, de haute politique, fut d'insister pour nous occuper de certaines personnes de l'entourage proche du président, et particulièrement des membres de sa famille. Le but était de s'imposer dans son esprit par des échos positifs qu'il aurait de nous. À notre corps défendant, nous avons été forcés de livrer cette lamentable « guerre des services ». Que nous l'ayons emporté ne fait que justifier notre réputation de corps d'élite. On peut tout de même se reposer sur quelques certitudes...

Les fils de François Mitterrand, Gilbert et Jean-Christophe, avaient respectivement deux filles et un fils.

Ils acceptèrent notre protection et une équipe de deux hommes accompagnait chacun d'eux dès qu'il sortait de chez lui. Nous nous sommes imposés par là. Quand on veut gagner il faut savoir faire des sacrifices : accompagner le fils de Jean-Christophe avec sa mère au jardin du Luxembourg, la suivre pendant qu'elle promenait son enfant dans sa poussette, se rendre utile en portant un sac, en pliant la poussette... Ils y ont pris goût et c'était ce que nous cherchions. Notre présence les a peut-être un peu perturbés au début, mais tout compte fait c'était assez confortable et on s'habitue vite à ce qui est confortable. Notre objectif se rapprochait : en cernant ses proches, nous progressions dans la protection du président lui-même.

Aujourd'hui, tout le monde sait qu'en plus de ses deux fils François Mitterrand pouvait revendiquer la paternité d'une certaine Mazarine. Cet enfant illégitime, au nom désormais célèbre, était né de sa liaison avec Anne Pingeot, chez laquelle il vivait quasiment, dans son appartement de Saint-Germain-des-Prés. On avait le sentiment très net que sa vraie vie de famille était là. C'est avec ces deux femmes, Anne et Mazarine Pingeot, qu'il partait en week-ends et en vacances. Son épouse légitime, Danielle, vivait dans leur hôtel particulier de la rue de Bièvre. Officiellement, il était aussi censé y vivre au début de son premier septennat, mais il couchait beaucoup plus souvent dans son lit de la rue Jacob. Quand il a fait installer ses appartements privés à l'Élysée, il s'est mis à y recevoir de temps en temps sa maîtresse, mais il essayait autant que possible de ne pas mélanger sa vie de famille (sa vie avec les Pingeot) et sa vie galante. Or, l'Élysée était le lieu de prédilection de ses rendez-vous de séducteur.

(Pour ne plus revenir sur sa femme légitime, nous ne nous sommes jamais occupés d'elle. Danielle Mitterrand ne voulait pas de notre protection parce qu'elle nous considérait comme des espions de son mari. Pour des raisons qui n'appartiennent qu'à elle, elle ne nous aimait pas. Peut-être avait-elle décrété en son for intérieur que nous étions des fascistes... En tout cas nous étions des « types louches ». Par conséquent sa sécurité était à la charge de la police.)

D'emblée, nous comprîmes que Mazarine était un des premiers points faibles du président. Notre vision de la sécurité consistait non seulement à assurer la protection physique de François Mitterrand, à empêcher que quelqu'un puisse le tuer, l'agresser ou l'offenser, mais aussi à protéger ceux qui le représentaient. Il fallait qu'il fût inaccessible et que rien ne pût interférer dans son action de président de la République. Aussi sa fille devait être protégée de près. Nous ne pouvions pas risquer de publicité. Elle eut donc à sa disposition un système de protection propre. Les hommes qui s'occupèrent de Mazarine étaient de chez nous, mais, pour protéger le secret, on ne mélangeait pas les hommes de la garde de Mazarine avec les autres. Il ne fallait pas risquer, par exemple, qu'on puisse faire le rapprochement entre quelqu'un qui était souvent avec elle et une tête vue dans un voyage officiel. Je crois que nous avons été efficaces.

C'est vers le début de 1984 que nous entendîmes parler de Mazarine pour la première fois. Un matin, on me prévint que je devais me préparer pour une mission qui fut annulée au dernier moment. C'était la garde de Mazarine. J'y ai échappé et j'en ignore la raison. J'avoue que j'aime mieux avoir voyagé avec le père qu'avoir surveillé une enfant ou filé une étudiante dans Paris. Cependant j'ai déjà dit qu'il n'y a pas de hiérarchie dans les missions. Être sur les talons de Mazarine, c'était participer à la sécurité du président autant qu'en étant derrière lui. Aujourd'hui que je n'y suis plus et que quelques années ont passé, je peux dévoiler une préférence qui me regarde seul mais qui ne pouvait pas exister dans l'action. Et que nous réussissions à oublier.

6

Il nous fallut à peu près quatre ans pour nous imposer au président. C'est autour de la première cohabitation, en 1986, que nos opposants ont fini par déposer les armes et que la machine s'est mise à tourner correctement. Mais nous ne sommes devenus vraiment efficaces, les choses ne se passèrent vraiment comme nous l'entendions qu'à partir du second septennat. Au moment de l'élection de 1988 nous étions rodés, excellents soldats de la République prêts à servir son représentant quel qu'il fût. Si François Mitterrand n'avait pas été réélu, c'eût été pour nous exactement la même chose. Certains de mes collègues du temps de Mitterrand sont aujourd'hui dans l'entourage de Chirac.

Jusqu'en 1986, je n'ai pas vraiment d'autre souvenir que celui d'avoir attendu dans la cour de l'Élysée. Je l'ai dit, à cette époque François Mitterrand travaille. L'oisiveté présidentielle, avec les promenades, les sorties, les week-ends, les vacances, seront pour plus tard. En 1986, le camp du président perd les élections, la gestion n'a pas été probante et la parade change de bord. En réalité la situation lui convient à merveille. Il n'en est pas moins président de la République, avec quelques prérogatives réelles et très prestigieuses, tout en n'ayant plus qu'un rôle critique d'arbitre éclairé. Il surplombe. C'est l'époque noctambule où j'ai attendu des heures dans la nuit en bas d'un immeuble un nombre incalculable de fois.

Lentement, notre action devint utile. Surtout elle le fut à ses yeux, ce qui était la seule assurance que nous voulions. Au long de ses nombreux voyages, à l'intérieur et à l'extérieur du pays, ces voyages des premières années sans doute destinés à rassurer le monde inquiet d'une France socialiste, il s'aperçut de faits nouveaux, dont nous étions à l'origine. Il remarqua qu'il y avait constamment quelqu'un devant sa porte quand il allait se coucher ou le matin en sortant de sa chambre. Il se renseigna et apprit que dorénavant quelqu'un veillerait en permanence. Nous lui imposâmes de se déplacer toujours en voiture blindée. Avant notre arrivée, les voitures blindées n'étaient utilisées qu'à Paris, et en province, il fallait emprunter une voiture à la préfecture.

Aucune menace particulière ne pesait sur François Mitterrand, même si nous apprîmes par certaines sources qu'il était une des cibles du Hesbollah iranien en 1985-1986. Mais je dois redire notre théorie, qui appréhende toujours la menace perpétuelle et maximale, qu'il y ait alerte ou non, où que l'on se trouve. Cela justifie un comportement diversement apprécié. Nous fûmes entre autres très critiqués pour le nombre d'hommes dévolus en permanence à la sécurité de François Mitterrand. Il est vrai que le passage subit de deux ou trois à vingt personnes, et jusqu'à trente, pouvait attirer l'attention. C'est pourtant bien le nombre d'hommes nécessaire à une sécurité continue et égale partout et à n'importe quelle heure. En outre, cela ne concernait que le président de la République, et un tel dispositif ne me paraît pas exagéré pour un pays comme la France.

Protéger quelqu'un, c'est être tout le temps avec lui, anticiper tout ce qui pourrait lui arriver, et contrôler tout ce qui lui arrive, tout ce qu'il mange, ce qu'il boit... Installer un cordon sanitaire autour de lui. Voilà ce que nous appelions la cohérence. Si nous ne contrôlons parfaitement qu'un seul facteur de risque, le travail n'est pas fait.

Pendant le second septennat, notre système atteignit sa perfection. Nous contrôlions tout. À Paris, en province ou à l'étranger, tout ce qui approchait François Mitterrand, passait entre nos mains. Pour cela nous étions obligés de collaborer avec certains services, comme celui de l'intendance de l'Élysée dont le personnel est fourni par la Marine nationale : le maître d'hôtel, le valet de chambre, le cuisinier personnel... Le travail avec eux s'est toujours déroulé dans la meilleure entente. Ils avaient leur place dans notre système, forcément de haute confiance puisque nous nous méfiions de tout le monde par principe. Par exemple, si quelqu'un d'autre que son maître d'hôtel ou son valet de chambre apportait quelque chose à boire ou à manger au président, il n'avalait rien et faisait semblant. On lui en avait expliqué la nécessité et il s'était laissé convaincre. D'une certaine manière, je crois que ça l'amusait. Je le revois encore porter son verre à ses lèvres, dans maintes réceptions à l'étranger où nous n'étions pas les maîtres, sachant qu'il n'en absorbait pas une goutte...

À l'étranger, notre obsession devenait systématique, et nous apportions tout : le vin, les fromages, et parfois tout le reste de la nourriture. Quand le président était reçu pour un dîner officiel, il était servi par son propre maître d'hôtel qui avait accès aux cuisines et surveillait la préparation des repas. Nous aussi, bien sûr, avions accès aux cuisines, mais les compétences culinaires de la plupart d'entre nous étaient succinctes (pour ma part je me suis amélioré depuis). Il faut avouer que c'était au mépris du protocole de nos hôtes. Car il en allait ainsi, même pour un repas de six personnes. Nous étions intraitables, les seuls à avoir de telles exigences.

Nous considérions simplement qu'il serait absurde de ne plus assurer notre fameux cordon sanitaire sous prétexte que le président sortait de France. Mais nous tenions malgré tout à rester courtois : une équipe d'émissaires partait toujours la première pour expliquer nos manières spéciales au service du protocole et à celui de la sécurité. Nous expliquions que notre président avait besoin de ses repères, de nous avoir à ses côtés. Nous le rendions beaucoup plus fébrile et inquiet qu'il ne l'était mais il fallait bien s'expliquer... À vrai dire nous ne faisions jamais qu'anticiper sur la vérité, car assez vite, François Mitterrand ne put effectivement plus se passer de nous et de notre dispositif. Il arriva même qu'un léger retard dans une des contraintes usuelles que nous lui imposions provoquât son irritation. De même, il manifestait de l'étonnement s'il lui semblait que nous n'étions pas tous là. Ce qui n'était qu'une impression.

Parmi les mesures que nous prenions, certaines étaient plus symboliques qu'efficaces. C'était le cas pour la nourriture. Mais elles nous permettaient aussi de recréer partout son environnement familier. François Mitterrand était un homme réservé par nature, pour ne pas dire timide (je parle uniquement des relations humaines, car il n'avait aucune timidité dans son ambition et son action). Il communiquait exclusivement en confiance. Cette situation convenait donc parfaitement à sa personnalité.

Notre système était peut-être critiquable mais il respectait sa propre logique. Notre meilleur avocat fut le président Chirac, à deux reprises, alors qu'il avait plutôt l'intention de se placer en procureur. En arrivant à la présidence, il trouva notre dispositif trop lourd et le système de sécurité tel qu'il était établi non justifié. Je me demande dans quelle mesure ce n'était pas démagogique. Or je revois encore ces images du président Chirac en 2001, bousculé dans la vieille ville de Jérusalem. Il avait agi comme on le faisait avant notre arrivée, en confiant sa sécurité aux services israéliens. Il n'avait que deux ou trois hommes avec lui de sa propre garde. Je ne peux m'empêcher de trouver non seulement vulgaires mais humiliantes ces images du président de la République s'en prenant violemment aux hommes du service de sécurité israélien qui le bousculaient tout en bousculant les journalistes. On peut comprendre l'énervement de Jacques Chirac, lui-même placé dans une situation inconfortable, mais je n'aime pas voir de telles images du président de mon pays. La deuxième affaire remonte au 14 juillet dernier, lorsqu'un tireur dans la foule mit en joue le président avec son 22 long rifle. Pour moi, c'est digne des Pieds Nickelés. Si nous nous étions trouvés dans des situations semblables avec le président Mitterrand, de telles scènes n'auraient jamais eu lieu. Et je ne m'étendrai pas sur Lionel Jospin caillassé à la sortie de la faculté jordanienne, avec sa voiture bloquée par les manifestants. Ce fut honteux. Encore une fois, François Mitterrand n'aurait jamais été ridiculisé de la sorte. Et cela joue beaucoup dans le prestige d'un chef d'État.

Quant à la dernière affaire en date d'un grand retentissement, elle est une parfaite illustration de l'inconscience des élus. Je veux parler de l'agression par un aliéné de Bertrand Delanoé lors de la nuit blanche organisée à Paris en octobre 2002. Naturellement, M. Delanoé est parfaitement libre de se promener comme le premier quidam venu, les mains dans les poches accompagné de deux ou trois copains. C'est sans doute excellent pour l'image, ce côté décontracté, « je n'ai rien à craindre parce que je n'ai rien à me reprocher », seulement de deux choses l'une, ou bien c'est de la démagogie ou bien c'est de la bêtise. Je ne penche pas pour la seconde explication. Le maire de Paris est obligatoirement l'un des hommes les plus en vue de France. Il est comme une star, et il faut choisir entre la célébrité et la liberté de mouvement. Je considère comme inconséquente, voire malhonnête une telle attitude, quand on connaît les sacrifices, les combats et l'absence de toute naïveté que demande l'arrivée à de tels postes. Lorsqu'on est maire de Paris, à une époque où la célébrité provoque plus que jamais le délire, que des fous s'attaquent si facilement aux hommes célèbres, on ne peut simplement pas prétendre se promener comme un jeune homme anonyme et charmant. Il est des leçons douloureuses, et Bertrand Delanoé en conviendra mieux désormais : la sécurité convient à l'ambition. Notre principe était donc simple : douter par principe de tous les services de sécurité du monde en dehors du nôtre, y compris des meilleurs comme les services américains ou israéliens, et de tout le monde de manière générale. Nous avons apporté une nouvelle vision de la sécurité et *tout* était sous notre contrôle.

Quand nous apprenions que François Mitterrand devait passer la nuit dans tel hôtel, pour donner un exemple, nous commencions par investir les lieux. Nous exigions une situation particulière pour sa chambre, sans vues indiscrètes. L'attaque du Drakkar à Beyrouth[1] nous amenait à prévoir, parmi d'autres, ce genre d'éventualité. Christian Prouteau, Paul Barril et Alain L. faisaient toujours des projections apocalyptiques, et nous en avions hérité. On les a souvent pris pour des fous, on les a beaucoup raillés, et l'on s'aperçoit aujourd'hui pour notre malheur qu'on aurait pu éviter des massacres en les prenant au sérieux... Pour les déplacements du président, nous « sécurisions »

1. Une voiture bourrée d'explosifs était venue s'écraser contre un immeuble appelé le Drakkar, occupé par des soldats français, provoquant sa destruction et des dizaines de morts.

l'ensemble des lieux, en commençant par la grande zone, c'est-à-dire le quartier immédiat, et en poursuivant par le bâtiment lui-même. Nous interdisions certains stationnements, surtout souterrains, ou bien nous les contrôlions sévèrement, et nous vérifiions absolument tout à l'intérieur. D'abord le personnel, sur chaque membre duquel nous demandions une enquête aux services de renseignements (démêlés avec la justice, activités islamistes...) le but étant d'évaluer la totalité des risques pour atteindre le point de sécurité maximum. Nous envisagions l'impondérable, et aussi nous comptions sur notre force et sur notre talent pour les surprises. Puis, les invités des réceptions. Travail indiscret mais travail bien fait... Ensuite, nous passions aux mesures de sécurité incendie (les extincteurs même certifiés sûrs étaient retirés sur le passage du président), aux circuits électriques, en se rapprochant des appartements mêmes de François Mitterrand. Nous organisions aussi des réunions pour donner nos consignes à la police locale, notamment sur le contrôle des véhicules aux alentours (ils obtempéraient même à l'étranger). Enfin la chambre à coucher du président était passée au peigne fin, tout était essayé et démonté. Nous demandions quand la chambre avait été peinte pour la dernière fois et par qui, et les RG nous fournissaient des informations sur l'entreprise en question. La nuit précédant l'arrivée du président, un de nos hommes devait dormir dans la suite pour qu'aucun détail ne nous échappe. Une fois sécurisée, la chambre était occupée en permanence.

Même chose dans les ambassades. Elles avaient beau être gardées jour et nuit, nous savions qu'on y entrait comme dans un moulin et que les lacunes de leurs systèmes de sécurité étaient vertigineuses. Systématiquement, nous passions tout au détecteur de micros. Plusieurs fois, nous fûmes payés d'une petite récolte, notamment à Washington où les Américains se montrèrent également indiscrets. C'était l'époque où la France et les États-Unis étaient des adversaires indirects par l'intermédiaire de l'Iran et de l'Irak en guerre. Dans notre métier, on voit bien que tout scrupule à la méfiance serait de trop.

Un autre exemple de notre paranoïa professionnelle fut celui du baron noir, ce pilote qui s'amusait à survoler Paris la nuit. Comme tout pouvait devenir sérieux, il éveilla nos soupçons : s'il en était capable, d'autres pouvaient aussi s'y livrer avec des intentions moins innocentes que celles de s'amuser en narguant les pouvoirs publics. Par exemple, il aurait été parfaitement capable de larguer une bombe sur l'Élysée, ou de s'y écraser... Bien entendu on nous prit pour des fous : « Il faut arrêter de regarder des films ! » Ça résume les réactions. Tout ce que nous avons obtenu, c'est qu'une mitrailleuse A52 soit installée dans les combles du palais. C'était purement symbolique. Mais, quelques années plus tard, la scène du film en question a bien été reproduite, de l'autre côté de l'Atlantique. Ceux qui anticipent un peu sont souvent déclarés fous par la majorité. Ensuite, on en fait des héros ou des génies. Avec ou sans regrets.

Quand nous n'étions pas en poste ou en mission, nous suivions toujours un entraînement intensif. Au cours des années, j'ai vu plusieurs camarades partir faute de pouvoir suivre. Il faut dire que c'était dur, et certains qui abusaient de la vie l'ont payé. On finissait par remarquer qu'ils n'étaient plus aptes au GIGN. On leur faisait comprendre qu'ils y avaient fait leur temps...

En dehors de l'entraînement physique poussé – course, musculation, sports de combat et maniement des armes (il fallait se familiariser avec tous les nouveaux modèles d'armes à feu) –, nous étions tous des spécialistes. Chacun de nous, en plus d'une formation poussée en matière d'explosifs, de conduite (voitures et motos), recevait un certain nombre de formations spécifiques. En ce qui me concerne, je suis moniteur commando et démineur (spécialiste en explosifs), et je regrette de n'avoir pas eu le temps de boucler ma formation de chuteur opérationnel. Avec les problèmes de santé grandissants du président, j'ai reçu, en plus, une formation complète en réanimation : toutes les dispositions nécessaires, nous les prenions. Du côté de Mazarine, nos hommes ont dû apprendre à monter à cheval quand elle a commencé les concours hippiques. Avec des hommes de cette trempe, le président ne pouvait pas manquer de s'apercevoir de quelques avantages à nous avoir auprès de lui.

7

François Mitterrand n'était pas un homme peureux. Je ne l'ai jamais vu s'enquérir du danger. Dans ses manières, c'était ce qu'on peut appeler un homme simple. Je veux signifier par là qu'il était le contraire de prétentieux ou de dédaigneux. Il disait toujours bonjour et il avait souvent un mot d'attention. Ce n'est malheureusement pas si naturel. Dans un lieu comme l'Élysée, on ne peut pas imaginer le nombre de personnes condescendantes, méprisantes dès qu'elles ont une quelconque responsabilité, et jusqu'aux secrétaires de certaines personnalités, capables de vous prendre de haut. Quant à lui, notre « patron » levait chaque matin son chapeau pour saluer les hommes en faction, et venait nous serrer la main en nous demandant comment nous allions. Hormis quelques figures comme Gaston Defferre, Charles Hernu ou François de Grossouvre, qui avaient en commun d'être de la même génération et qui étaient les rares « messieurs » toujours courtois de ce zoo fascinant, la plupart avaient un comportement antipathique. Jack Lang, que j'ai souvent vu, figurait parmi les plus hautains. Je ne lui ai jamais vu la moindre apparence de considération pour des subalternes. Je pense notamment à son chauffeur, aux gens de sa sécurité avec qui il m'arrivait de discuter un moment, et qui le quittaient vite tellement il était désagréable.

En ce qui nous concerne, le dédain qu'on nous marquait était souvent en rapport avec les inimitiés que nous avions engendrées, dues uniquement à notre prétendu pouvoir. Et rien n'est moins discret, quand le maître a déclaré son antipathie, que l'aversion d'un être servile. Cette distance générale prise par rapport à nous, et compte tenu du milieu, était en réalité flatteuse. L'espoir d'obtenir des avantages est le premier moteur des affairistes, et notre probité reconnue ne laissait tout simplement rien espérer. La secrétaire qui nous snobait, sans doute parce qu'elle se prenait pour une intellectuelle et nous considérait par conséquent comme des singes, ignorait que nos capacités y compris dans le domaine de ses prétentions lui échappaient peut-être. Il ne faut pas oublier que nous avions un peu bouleversé l'Élysée, que nous étions omniprésents et toujours près du président, et donc très gênants pour les spécialistes de l'approche impromptue. Nous étions la garde prétorienne, et l'histoire ne nous a jamais appris que dans aucune cour ce type de milice fût apprécié.

D'une manière générale, la famille du président était plutôt courtoise. Aussi bien ses fils que Mme Mitterrand elle-même, malgré sa méfiance comparable à la nôtre. Ils étaient tous polis, et c'est suffisamment rare dans cet environnement pour être noté. Roger Hanin était un cas à part, à rapprocher de Jack Lang pour son attitude vis-à-vis des inférieurs. Je lui reconnaîtrais volontiers un talent d'acteur, je l'ai même trouvé émouvant dans *Les Grandes Familles*, mais tout l'homme n'est pas là. Pour ce que j'ai vu, il était distant et plutôt sec. À son propos, je me rappelle une scène assez jubilatoire. C'était l'été, et nous étions à Latche dans les Landes. Là-bas, François Mitterrand aimait se promener à découvert dans une espèce de Méhari qu'il conduisait toujours lui-même. C'est la seule voiture que je l'aie jamais vu conduire. Il rendait visite à de vieilles connaissances du pays, d'anciens condisciples, des paysans qu'il voyait depuis des décennies. Normalement, je montais à côté de lui tandis que mes camarades suivaient dans de gros 4 x 4. Mais ce jour-là, c'est Roger Hanin qui avait pris place à côté de son beau-frère. Comique doué, il faisait rire le président. Ils montèrent donc tous les deux dans cette voiture qui tangua un peu comme une barque. François Mitterrand démarra, et roula un moment jusqu'à ce qu'il s'ensable. En essayant de se dégager, il s'ensabla encore plus. Ce n'était pas un fameux pilote. Descendus de nos voitures et de nos motos, nous nous rassemblâmes derrière le véhicule pour le pousser. Nous étions quatre ou cinq. Tout en poussant, nous demandions à François Mitterrand d'accélérer doucement. Mais la voiture était bien enfoncée, presque jusqu'au bas de caisse, et elle ne sortait pas. Roger Hanin, lui, restait bien installé. Tout en poussant, dans l'exaspération, l'un d'entre nous laissa échapper un peu trop fort :

— Et le gros, tu crois qu'il nous aiderait ?

Il nous aurait déjà bien aidés en se contentant de descendre de voiture. Mais il devait considérer que nous étions là pour ça. Et pourquoi aurait-il levé le petit doigt pour des types qui existent à peine ? Pourtant la phrase s'entendit. Bien sûr c'était malencontreux. Parmi nous le silence tomba, un peu tendu tout de même, légèrement inquiet de la réaction du président. Contre toute attente, il se tourna doucement vers son beau-frère et prononça posément :

« Ils n'ont peut-être pas tout à fait tort. »

Tort de quoi, nous ne l'avons pas élucidé, mais il y avait de quoi se réjouir pour un bon moment. Naturellement, Roger Hanin n'a pas bougé et nous avons désensablé la voiture malgré la surcharge.

Cela se passait lors du second septennat, pendant lequel s'étaient renforcés les rapports de confiance entre François Mitterrand et nous. Dès la première cohabitation, notre système était devenu cohérent. Le ministère de l'Intérieur était entre les mains de Charles Pasqua et la défiance entre le président et le gouvernement était palpable. L'atmosphère était à couper au couteau. Les hommes importants étaient désormais ceux de la nouvelle majorité, et la liberté du président était entravée. Ces hommes avaient beau être hiérarchiquement nos patrons, nous ne nous en connaissions qu'un seul. Il nous apparaissait inadmissible qu'il puisse être espionné, et nous prîmes à cœur de le faire échapper à tout contrôle. En homme de secret qu'il était, le président appréciait cette existence libre et protégée. En effet, sa vie devint à peu près clandestine et les services officiels furent écartés. Notre complicité grandit. Nous étions comme des enfants qui veulent semer ceux qui les ennuient pour avoir la paix... On n'est jamais aussi heureux que lorsqu'on s'échappe. Et l'on préfère souvent avoir un allié pour partager la joie du bon tour. L'allié, c'était nous. En cela le président était un enfant. Un enfant qui est allé loin.

Pendant la cohabitation, François Mitterrand consulta énormément de gens de tous les bords, connus et inconnus. Il était en plein déploiement stratégique. Je serais incapable de dire comment il a procédé dans les détails, mais il a consacré ces deux années de cohabitation à sa réélection. Il a apparemment agi en maître, de manière qu'il n'y ait pour ainsi dire personne en face de lui en 1988. Pendant deux ans, ses déplacements privés n'ont dépendu que de nous. Délibérément, nous ne prévenions pas toujours les services concernés, ou alors à la dernière minute.

Tout cela nous a amenés à être considérés comme sa police politique, « les hommes du président » qui avaient une fois pour toutes épousé sa cause, et qui avaient glissé de la sécurité présidentielle à un travail de politique partial. Bien entendu il n'en a jamais été question. Qu'il me suffise de dire que le secret de l'isoloir levé mettrait fin à ces accusations stupides. Nous étions politiquement très bien partagés. Notre travail et nos convictions ne se mélangeaient pas. Pour nous, il s'agissait de préserver l'intégrité du président. Le travail une fois accepté, le serment prêté, il faut aller jusqu'au bout. J'admets que nous nous sommes certainement pris au jeu, celui du mystère, de la liberté, mais c'était une complicité de fait, pas une complicité de dessein et d'ambition.

Si nous avons su nous immiscer jusqu'au président par la ruse, nous avions aussi affaire à autrement plus rusé que nous. Arriver jusqu'à lui n'avait pour intérêt que de mettre en pratique une conception de la sécurité et pas à l'utiliser. Utiliser, le président savait le faire mieux que nous. En retour de notre présence un peu forcée, il a su se servir de nous magistralement. Mais on ne peut pas nier que sécurité ressemble vite à secret et secret à politique. Le président de son côté était quelqu'un d'« inutilisable », pas plus par nous que par quiconque. Notre influence sur lui, même dans notre domaine propre, avait ses limites.

Pour exemple, je me rappelle ce jour où il a décidé de faire une virée surprise dans une cité « chaude » de banlieue. Afin de donner tout son poids à ce genre d'action, il faut que le dispositif de sécurité soit le plus léger possible. Or la sécurité allégée ne correspondait pas, encore une fois, à notre vision des choses. Nous allons donc voir le président pour lui dire qu'un déplacement dans les conditions qu'il a émises est impossible, qu'on ne pourra pas assurer sa sécurité correctement, enfin que c'est une imprudence. C'est la seule fois où nous avons tenté de nous opposer à l'une de ses décisions. Il nous a rapidement remis à notre place. Il nous assena en substance :

« Vous êtes très gentils, mais si j'ai accepté un tel service de sécurité c'est pour faire ce que je veux quand je le veux, et pas pour me faire dicter mes actes. C'est votre métier de garantir ma sécurité, et vous le faites comme vous l'entendez, mais dans les limites de mes propres décisions. »

Le président savait aussi être clair. Cependant la cohabitation, dans son principe, est quelque chose d'inconfortable. Même si François Mitterrand adorait le temps libre et l'occupait avec beaucoup d'aisance et de délectation, même s'il savait se sortir à son avantage des situations conflictuelles, la cohabitation restait une situation bâtarde, un conflit larvé où tout relâchement d'attention se paie. Je crois, du reste, que son attitude a beaucoup servi à son successeur. En 1986, il se retrouvait un peu dans la situation où il était en arrivant à l'Élysée, sauf qu'il était bien installé et surtout, que nous étions là. Nous avons réussi à lui mettre en tête, dans notre intérêt commun, qu'il lui suffisait de se reposer sur nous pour être libre. Nous nous retrouvions parfaitement sur le terrain de la paranoïa et sur l'obsession de la surveillance. Nous n'avons pas eu à insister beaucoup. Nous le confortions simplement dans un de ses penchants favoris et nos liens s'en renforcèrent considérablement.

François Mitterrand tenait le bastion. Tout ce qui l'entourait lui était opposé. La situation était simple : il était seul avec nous. Et il réussit à faire du cordon de sécurité bâti pour le protéger physiquement une protection contre certaines manœuvres politiques. Nous servîmes à sa liberté de mouvement, à lui permettre d'envisager sereinement les parades et les attaques dont son avenir allait dépendre. Nous représentions, à ce moment-là, une augmentation du pouvoir présidentiel.

Je crois pouvoir dire que nous sommes les derniers hommes en qui François Mitterrand a eu entière confiance. Ce choix était logique puisque aucun de nous n'agissait par intérêt. Et il avait d'autant plus confiance en nous que nous nous occupions depuis des années avec efficacité et discrétion de sa fille Mazarine.

En peu d'années, notre situation a ainsi considérablement évolué. Dès le début de la cohabitation, nous n'attendions plus dans une voiture. Nous avions nos bureaux à l'Élysée, et nous étions prévenus au moment de sortir, directement par lui ou par son secrétariat particulier. Pour nous appeler, il disposait d'un bouton qui le connectait directement à notre radio. Il disait simplement : « C'est moi. »

Une de nos blagues entre nous était, par radio, de prononcer ces mêmes mots avec sa voix et son ton si particuliers. Certains l'imitaient tellement bien qu'on se faisait avoir.

La cohabitation est aussi l'époque où les effectifs du GSPR devinrent définitifs, avec une centaine d'hommes. Mais, je l'ai dit, François Mitterrand aimait se trouver en pays de connaissance. Or nous étions devenus trop nombreux pour qu'il puisse s'y retrouver. C'est là que nous avons instauré le principe de l'« Interlocuteur Privilégié » : dans chacune des équipes en permanence avec lui, un seul d'entre nous devait avoir le contact avec le président. Cela devait lui faciliter les choses et resserrer nos liens en même temps. Il était déchargé des tâches sécuritaires (tout en restant armé et sur le qui-vive), et son rôle était de transmettre toutes les informations nécessaires au président qui, de son côté, ne s'adressait qu'à lui.

Cinq d'entre nous furent choisis, forcément parmi les premiers arrivés et parmi ceux avec lesquels le courant passait le mieux. Je pense que le président a participé au choix, et je fus de ces cinq hommes. C'était flatteur, parce qu'il était exclu que l'un de nous puisse profiter de la situation à des fins personnelles. Ayant ce contact permanent avec lui, il aurait suffi, tel que nous le connaissions, de lui parler d'un problème pour qu'il ne l'oublie pas et intervienne. Ce genre de chose était absolument inenvisageable. Nous étions donc cinq : Gilles, Dominique, Jean-Marie, Jean-Pierre et moi-même. Il pouvait arriver que l'un d'entre nous soit avec lui pendant plusieurs semaines, comme à Latche. Mais les vacances du président n'étaient pas les nôtres…

Par la force des choses, l'Interlocuteur Privilégié devint un intime du président. C'est seulement à la toute fin du second septennat qu'un ou deux d'entre nous, dont je ne suis pas, ont demandé une affectation particulière. Ils avaient de bonnes raisons de le faire. Les Interlocuteurs Privilégiés, plus que les autres, ont été marqués par ces années, et certains auraient pu trouver des raisons de leur en vouloir par la suite. C'était injuste, j'insiste, même si j'ai personnellement fini par éprouver de l'affection pour cet homme qui avait incarné le diable pour l'enfant et le jeune homme que j'étais, et si mon regard s'est brouillé malgré moi le jour de sa mort.

8

Mazarine Pingeot fut notre cheval de Troie parce qu'elle était le talon d'Achille de son père. Mais nous savions aussi que c'était un secret de polichinelle, au moins dans certains milieux : l'affaire avait été révélée au tout début du premier septennat par le journal *Minute*, avec des photos masquées. De toute manière, il fallait la protéger, que le secret fût éventé ou non. Pour le reste, j'ai tendance à penser qu'il y avait comme une sorte de perversion dans le secret cultivé. Car d'un côté cette affaire satisfaisait ceux qui étaient « au courant », ravis d'être toujours informés (question de vanité), et de l'autre elle flattait le penchant au mystère de François Mitterrand. On a les mystères que l'on peut. Mais je regrette que ce penchant inclinât au mensonge, nous plongeant tous dans l'hypocrisie. Car il était entendu qu'on ne parlerait jamais de « l'affaire ». Chacune des règles du président, toujours instaurée implicitement, était scrupuleusement respectée. Celle-ci fut néfaste. Il avait su imposer le mensonge et une évidente veulerie autour de lui, même chez ses parents, et je ne peux pas affirmer qu'il n'en éprouvait pas une certaine jubilation.

L'affaire Mazarine fut un des tours de passe-passe les plus étourdissants de François Mitterrand. De l'une de ses propres faiblesses, il avait bel et bien fait une faiblesse de tous ceux qui l'entouraient. Affaiblir par la complicité du mensonge. « Ceux qui veulent de l'ombre de mon pouvoir se taisent, et qu'ils n'aient pas l'air de savoir. » François Mitterrand était un prestidigitateur. Il avait parfaitement saisi les ressorts de l'âme humaine, surtout dans sa partie qui gouverne l'intérêt, le pouvoir et l'ambition. Mais quelle autorité hors du commun que celle qui plonge tout le cercle du pouvoir dans une comédie perpétuelle, une situation complètement fausse supportée quatorze ans et qui se termine sur une fausse révélation à l'écho national quand le chef d'orchestre décide de lever un voile factice ! Je dois reconnaître que nous y fûmes pour quelque chose. Tout le monde devait se taire. Pas seulement ceux qui attendaient les bontés du sommet et qui poursuivaient leur pantomime déshonorante. Comme les révélations de *Minute* n'avaient eu aucune incidence, le secret est resté vierge pour ainsi dire (vierge aux yeux des électeurs qui ont tout de même le vrai pouvoir pendant quelques heures). Un journal considéré comme violent, pamphlétaire, d'extrême droite qui plus est, ne pouvait rien avancer de sérieux. La preuve nous en fut apportée. On a réussi en France à faire appartenir la vérité à un petit nombre, et aux tièdes en général. Tant mieux pour nous, notre tâche en fut facilitée.

Mazarine nous conduit directement à Jean-Edern Hallier. L'écrivain patron de *L'Idiot International*, occasionnellement vendeur à la sauvette de sa feuille, s'était emparé de cette affaire comme du symbole de sa lutte pour la vérité.

Le problème avec Jean-Edern Hallier c'est qu'il n'était ni tiède, ni peureux, et qu'il n'avait plus rien à attendre du pouvoir. Ses pages d'amant bafoué sur François Mitterrand étaient irrémédiables, et il aimait les incursions sans retour. De plus, il avait de l'audience, ses livres se vendaient malgré une réputation de folie presque établie. Or il était enragé contre François Mitterrand, bien décidé à sortir un livre révélant le secret de sa double vie. Il était donc de notre devoir de nous occuper de lui. Les problèmes qu'il nous a causés, ou plutôt ceux que nous lui avons causés concernaient exclusivement Mazarine. Nous avons dû faire pression sur lui et sur son entourage pour parer la menace. Pour commencer, les pressions consistèrent en de courtes conversations téléphoniques à une voix qui expliquait sobrement et clairement que certains intérêts s'opposaient à la sortie du livre. Il était impossible de ne pas en comprendre la provenance. L'intention de Jean-Edern Hallier de provoquer un scandale filtra par la corporation littéraire parisienne et parvint jusqu'à nous. Nous en avons référé à qui de droit et le président n'a pas souhaité la sortie de ce livre. En France, le président de la République a le pouvoir d'empêcher la parution d'un livre... Nous fûmes l'instrument de la censure.

À ce stade du projet de Jean-Edern, François Mitterrand a fait appeler l'éditeur pour émettre son avis défavorable. Précisons qu'il en va de même en France avec la presse. Et même si la presse française pratique plutôt l'autocensure sur les affaires « privées », le président peut, sans vergogne, faire connaître son avis défavorable sur tel ou tel sujet. Dans la majorité des cas les choses ne vont pas plus loin. Le cas cité de *Minute* est la seule exception que j'ai connue. Dans toute cette histoire, Jean-Edern Hallier fut notre victime. Indéniablement, il avait un faible pour sa propre publicité. Il aimait faire parler de lui et il y consacrait beaucoup d'énergie. Après son soutien apporté à la candidature de François Mitterrand, il avait caressé des espoirs de grandeur, et sa déception fut si amère qu'il l'exprimait de façon désespérée. Et peut-être, paradoxalement étant donné le personnage, répugnait-il à toute cette comédie. Nous, les soldats, nous sommes contentés de faire notre métier, dans l'optique fixée une fois pour toutes de la sécurité, qui doit se garder du scandale. Jean-Edern Hallier devenait très gênant, puisque malgré nos « conseils » il refusait de se taire. Pendant un instant, il a même cru qu'il pourrait gagner... Cette comédie a commencé très tôt, au début du premier septennat. Jean-Edern Hallier nous a donné du fil à retordre. Il était intraitable. Il tenait dur comme fer à son éclat, mais le désordre n'était pas dans nos principes.

Alors, il eut droit à nos émissaires. Ils ont essayé de se faire entendre par la discussion.

Puis, la lutte commença chez les éditeurs susceptibles de s'intéresser à ses « révélations », étayées par sa réputation d'écrivain à laquelle, bizarrement, son autre réputation de bouffonnerie n'a pas nui. Nous devions faire comprendre à tous les éditeurs que ce serait une « erreur » de publier Jean-Edern. Ils le comprirent sans effort. Puis nous nous attaquâmes personnellement à lui. Il ne s'agissait pas, bien sûr, de lui casser les deux jambes en pleine rue, méthode que nous laissons à la mafia bulgare (probablement très efficace, mais trop risquée pour nous). Il s'agissait de créer un climat d'insécurité, ce que nous connaissions forcément aussi bien que son contraire, un climat de traque qui devait le conduire à une méfiance usante et à l'affolement.

Il fallait commencer par le connaître, et dans ce cas-là, la déformation professionnelle veut qu'on s'intéresse en priorité aux faiblesses d'un homme. Il était facile de s'apercevoir que Jean-Edern Hallier était attiré par l'alcool et la drogue. C'était un authentique marginal. Ces seuls éléments nous furent très utiles pour le mettre sous pression. D'abord en lui faisant savoir que nous n'ignorions rien de ses vices et que nous le surveillions. Puis en le suivant. Sa paranoïa naturellement développée, exacerbée par l'alcool et la cocaïne, fut une arme pour nous. Jean-Edern Hallier n'était pas physiquement en danger et nous ne pouvions pas le menacer, mais il fallait qu'il s'en persuade. Il nous a suffi de semer des anomalies dans sa vie. On ne peut pas imaginer, tant qu'on n'en est pas victime, le pouvoir de ce harcèlement : sortir de chez soi et trouver deux pneus crevés à sa voiture ; recevoir des coups de fil à n'importe quelle heure sans jamais personne au bout ; rencontrer souvent une même personne inconnue dans la journée sans que cela ne puisse être dû qu'au hasard (au supermarché, au bistrot, dans le bus...), etc. Les proches remarquent aussi des choses bizarres... Cette méthode est couramment pratiquée et certaines personnes, aujourd'hui en France, en sont sans aucun doute victimes. Ensuite, son esprit faisait le lien entre les nouveaux phénomènes troublants de sa vie et nos menaces voilées. La pente est si naturelle que la peur s'empare de quiconque n'est pas formé aux méthodes de l'espionnage et du contre-espionnage.

L'action en soi est toujours de courte durée. Quelques jours de bizarreries suffisent. Une fois le doute installé, la victime voit des anomalies partout alors qu'il n'y en a plus. L'imagination s'est mise en marche et travaille toute seule pour nous. Il suffit de croiser deux fois la même personne dans une journée pour être confirmé dans son malaise. Notre travail relativement restreint, aidé par la faiblesse nerveuse de notre victime, l'a mis littéralement aux abois. Il était dans un état pathétique. Son comportement a viré brutalement : il est devenu excessivement irritable, perpétuellement aux aguets, gueulant partout avec un air fou que « Mitterrand voulait sa peau ».

Tout cela ne représente qu'un travail psychologique très simple, qui montre à quel point l'esprit humain est instable. Parfois, nous pouvions aussi pousser jusqu'au contact physique, mais toute violence était interdite.

Cela consistait à aborder Jean-Edern Hallier, n'importe où, et à glisser discrètement une phrase laconique mais très claire :

— Alors, toujours prêt à sortir ton torchon ?

Ou encore :

— Vous n'avez aucune chance.

Deux secondes qui suffisaient à replonger l'homme dans sa panique.

Ce genre de pression n'est pas légale, et le contact est dangereux parce qu'il peut permettre de constituer des preuves contre nous. Pour Jean-Edern Hallier, son extravagance allait aisément de pair, dans l'esprit de tous, avec un délire de persécution prononcé – qui avait pourtant des origines bien réelles. Résultat : personne ne le prenait au sérieux quand partout, haletant, il dénonçait la traque des « hommes de Mitterrand ». La réaction unanime était de le soupçonner d'avoir trouvé un nouveau « truc » pour se faire remarquer. Comme, de surcroît, nous n'étions plus en action, selon la méthode éprouvée, et qu'il fabriquait son angoisse tout seul, tout le monde ne pouvait que le croire vraiment atteint ou tragiquement en mal de publicité. Le personnage était définitivement douteux et cela se reporta sur ce qu'il écrivait. Mission accomplie. Démolition en règle et triste constatation. Mais Jean-Edern Hallier cherchait à pénétrer le cercle critique, et nous ne pouvions pas le laisser faire. Son livre de « révélations » a fini par sortir, censuré[1]. Il a décidé de laisser les passages noircis et ce fut pris pour un coup de pub supplémentaire. Pour nous, le but était atteint. Nous avions fait notre travail en préservant l'intégrité du président et cet impératif éliminait toute autre considération.

1. *L'Honneur perdu de François Mitterrand*, réédité en 1996 (Belles Lettres/Le Rocher).

9

Les écoutes téléphoniques sont une arme dont dispose l'Élysée pour assurer la sécurité du président[1]. Autant dire que c'est le GSPR qui en disposait et qu'il en usait. C'est une arme efficace et nécessaire, qui a de nombreuses utilités, donc cohérente. Je crois que je ne détruis aucun mythe en écrivant que jamais des écoutes n'ont été décidées pour satisfaire une quelconque curiosité scabreuse. C'est de la pure fantaisie, et François Mitterrand n'a jamais pris goût, comme on a pu le dire, à se faire passer les bandes d'épanchements quelconques. Il n'y a rien de plus ennuyeux que ce travail d'écoute. Il faut imaginer les heures passées avec un casque sur l'oreille à entendre des conversations insipides, le robinet d'eau tiède de nos conversations de tous les jours à tous. Quant aux aventures intimes, elles ne sont pas plus exaltantes si elles existent, et en regard du terrorisme elles ne pèsent pas lourd à nos yeux. En outre tout le monde sait que François Mitterrand n'était pas manchot dans ce domaine et qu'une heure passée avec une femme était évidemment plus son affaire.

1. Le 4 mars 1993, *Libération* révèle que plusieurs personnalités de la presse, du spectacle et des arts ont été mises sur écoutes téléphoniques dans les années 1980 sur ordre de la cellule antiterroriste dirigée par Christian Prouteau. En avril 1997, la saisie d'archives confirme que F. Mitterrand avait ordonné ces écoutes.

À partir du moment où quelqu'un est mis sur écoute, on ne peut pas filtrer ce qui se dit. Le but des écoutes est, entre autres, de découvrir des faiblesses, voire des vices, comme nous l'avions fait si facilement avec Jean-Edern Hallier. Et les penchants sexuels ne sont pas les seuls. L'écoute est un excellent moyen de pression en cas de conflit. Le but est également d'obtenir des informations nous permettant d'anticiper les menaces éventuelles sur la présidence.

Pour en revenir à Jean-Edern Hallier, il nous fut facile, une fois avéré, de révéler son alcoolisme, de faire savoir qu'il passait beaucoup de temps au bistrot à avaler quantité de bières et de vodka, et que de surcroît il avait le nez bien planté dans la poudre. Ce sont des choses qui discréditent très vite un personnage. Tolérées chez un romancier, elles deviennent rédhibitoires dès qu'il se mêle de choses sérieuses comme d'attaquer le président, de s'occuper de politique : tout le monde pense qu'il n'est plus apte. C'est peut-être absurde mais c'est ainsi. D'autant plus que Jean-Edern Hallier ne s'est pas aidé par sa rage à flétrir et par la bassesse de ses attaques. Dans son cas donc, le matériel dont nous disposions (les faiblesses du personnage) et notre action ont suffi. Mais ce fut lent parce qu'il était coriace. En général, ce qui était autorisé nous suffisait, mais nous pouvions sortir discrètement du cadre de la légalité. J'ai déjà parlé du contact physique très rapide mais l'intimidation pouvait aller encore plus loin.

Je dois préciser que les écoutes pratiquées par l'Élysée sont dites « administratives. » C'est-à-dire qu'elles ne doivent être mises en place que pour obtenir des renseignements et ne peuvent en aucun cas être utilisées contre la personne. Au contraire des écoutes judiciaires, qui ont pour but de fournir des preuves devant un tribunal. Il n'était donc pas question de peser sur notre cible en lui communiquant nos renseignements compromettants. La menace directe est impossible. Nous devions seulement laisser entendre... Si la personne persistait à vouloir troubler l'ordre, nous jouions sur la rumeur et sa formidable capacité d'explosion. Combien ont vu leur vie ruinée et pâtissent encore après vingt ans de la réputation non méritée d'un vice ?

Dans le cas du petit ami de Mazarine, l'illégalité ne fut pas nécessaire. Mais, à partir du moment où ce garçon était entré dans le cercle des intimes, nous devions prendre quelques précautions à son sujet, et d'abord savoir s'il était « recommandable », ce qui après enquête nous parut être le cas. C'est là que j'en viens à ce qui aurait pu être illégal et que nous aurions fait sans sourciller. Dans le cas contraire (où il n'aurait pas été recommandable) nous les aurions empêchés de se voir malgré leur désir partagé. Nous aurions simplement appris au jeune homme à prendre la précaution (dans son propre intérêt) de ne plus chercher à la rencontrer. Mais notre enquête était positive et la France est passée à côté de l'histoire de la princesse et du vaurien. Puis il a fallu savoir si Mazarine n'était pas au cœur d'un complot. Le garçon aurait très bien pu être un séducteur à la solde d'une puissance ennemie, afin de nuire indirectement au père, à l'institution et peut-être enfin au pays. Voilà jusqu'où vont nos enquêtes. Il n'y a pas de liberté pour la fille d'un président en âge d'aimer.

Le bruit considérable qui a été fait autour des écoutes vient encore une fois de ce que beaucoup de gens continuaient à vouloir à tout prix notre peau et celle du commandant Prouteau. C'était une bonne occasion de plus de nous nuire. Je dois encore décevoir certains fantasmes sur François Mitterrand et ce qu'on appelle son ère, mais les écoutes se sont toujours pratiquées exactement de la même manière et continuent de l'être. Il existe en France des services spécialisés dans la surveillance de la vie privée de n'importe qui et depuis longtemps. Je sais qu'en France beaucoup de gens sont surveillés, et que les services du renseignement ont des prérogatives... Les conversations écoutées sont triées par des ordinateurs suivant des mots clés. Au mont Valérien, il existe un centre de transmission chargé de contrôler toutes les conversations hertziennes ou par téléphone portable, capable d'écouter Paris et toute l'Île-de-France, et sans doute au-delà...

Le « Tout le monde surveille tout le monde » est une vérité, à peu de chose près. La France a beau être un pays libre, il n'y a aucune illusion à se faire de ce côté-là. Que ce soit clair : en France, dès qu'on sort un peu de la masse, que l'on est quelqu'un d'un peu en vue, homme politique, chef d'entreprise, responsable religieux, artiste, on intéresse obligatoirement les services de renseignements. N'importe qui peut être concerné à un moment de sa vie. Le renseignement est omniprésent dans notre pays. Les institutions en ont besoin, question de survie par l'anticipation...

Comme tout le monde s'espionne, nous en étions nous-mêmes victimes. Nous connaissions évidemment les risques d'interception de nos propres communications et nous utilisions des codes. Il y en avait pour tout, pour les noms des personnes, pour les noms des lieux, pour les heures et les minutes. Ça donnait : « Je quitte Églantine pour aller sur Saturne. » Nos codes changeaient tous les six mois. Nous-mêmes, à l'époque, membres à part entière des services secrets, ignorions à quel point l'espionnage était une pratique interne. Nous l'apprîmes un soir de printemps, dans le début des années 1990. Autour du palais de l'Alma (une des résidences du président auxquelles je reviendrai plus tard), nous avions pris l'habitude de contrôler chaque jour toutes les voitures. Cela consistait en une inspection attentive, de l'extérieur, de tous les véhicules stationnés. Enfin nous faisions notre travail d'attention méfiante et perpétuelle. Ce soir-là, nous remarquâmes deux hommes dans une voiture qui ne nous paraissaient pas très naturels. Au bout d'un temps de surveillance qui nous parut anormalement long (ils ne bougeaient pas), nous décidâmes de les interpeller. Quelle ne fut pas notre stupeur, quand nous finîmes par obtenir des renseignements sur eux, d'apprendre que c'étaient deux agents de la DGSE. Nous avions, nous, les hommes du GIGN et du GSPR, les services secrets au train ! Deux gars qui espionnaient tranquillement notre dispositif ! Nous avons demandé des explications immédiates et leur direction s'est empressée de nous assurer qu'il s'agissait de deux agents en formation en plein exercice d'instruction. Ce n'était pas tout à fait absurde et ils le savaient, puisque nous utilisions nous-mêmes ce genre d'exercice de formation. C'est-à-dire qu'on pouvait avoir pour tâche de suivre n'importe qui dans Paris, un anonyme, et d'obtenir des renseignements sur lui... Il y a peut-être quelqu'un parmi mes lecteurs que mes supérieurs m'ont ordonné de filer une journée entière à travers Paris... Cependant l'excuse était un peu facile. Nous prendre, nous, comme cible d'un exercice, paraissait un peu gros. Mais le coup avait été suffisamment bien étudié, notamment en choisissant deux types assez jeunes pour être crédibles. Cela n'eut aucune suite.

La fin du premier septennat avait marqué notre installation définitive : nous étions désormais indéboulonnables. C'est cette position de force, cette indépendance et cet aspect un peu mystérieux – parce que nous n'avions de comptes à rendre à personne d'autre qu'au président, – ce côté comme j'ai dit « prétoriens », qui nous rendaient insupportables à beaucoup et qui encore une fois ont nourri de multiples fantasmes. Je ne citerai que ceux du journaliste Jean Montaldo, qui nous a calmement accusés d'avoir été le bras armé de François

Mitterrand, et les exécuteurs de ses basses œuvres. À propos de la violence dont on a pu nous accuser, de notre manque total de scrupule (et pourquoi pas aussi de notre goût pour le sang qui aurait satisfait celui de François Mitterrand), je reviendrai encore une fois sur le cas Hallier puis sur une autre affaire célèbre.

Jean-Edern Hallier a été particulièrement remuant et ses vociférations ont beaucoup trop attiré l'attention à notre goût. Et elles ont duré trop longtemps. En cela il n'avait pas exactement tout perdu. Car notre menace n'avait jamais été que très diffuse. À mon sens, seulement de quoi surexciter le personnage. Personnellement je ne suis pas pour l'action brutale et définitive et je sais que rien de tel n'a jamais été envisagé contre Hallier, mais je sais aussi que d'autres menaces plus radicales rendent muet et amnésique. Encore une fois, il ne faut pas croire que ce ne soit que dans les films qu'on fasse disparaître quelqu'un de mort naturelle ou accidentelle. Un ivrogne comme Hallier aurait très bien pu basculer dans la Seine et être retrouvé trois jours plus tard, enfin muet. Il peut arriver à peu près n'importe quoi quand on a quatre grammes d'alcool dans le sang : le problème aurait pu être réglé de façon rapide, discrète et définitive. Je sais simplement que le président s'y refusait catégoriquement.

Le *Rainbow Warrior*, l'« arc-en-ciel guerrier », est un nom resté célèbre et qui sillonne toujours les mers. Quand ce bateau se trouvait à Auckland et que les écologistes de *Greenpeace*, leurs propriétaires, annoncèrent qu'ils allaient faire tout ce qui était en leur pouvoir pour perturber les essais nucléaires français, tout le monde à la tête de l'État est tombé d'accord pour les empêcher de nuire de quelque manière que ce soit. Seulement il fallait se faire discret. Charles Hernu fut chargé de cette mission délicate. Une première proposition fut de couler le bateau avec son équipage, purement et simplement. Il ne faut pas oublier que ce genre de perturbations dans un domaine aussi grave que le nucléaire est un cas de guerre. Il serait un peu trop simple de pouvoir empiéter sur la politique et la souveraineté d'une nation en toute impunité. Ce sont des notions qu'on a tendance à perdre de vue. *Greenpeace* avait en quelque sorte déclaré la guerre à la France et il fallait en mesurer les conséquences. Si la première solution avait été choisie, le bateau coulait en pleine mer, loin de tout, sans survivant, et il n'y aurait rien eu de plus à dire. Peut-être quelques commentaires vite balayés. Or le président n'a pas voulu de cette solution radicale. L'opération qui fut décidée par souci de modération, pour épargner des vies, se révéla un échec. De surcroît, la mort d'un journaliste portugais qui venait récupérer son matériel au moment de la deuxième explosion sur le bateau a provoqué un énorme scandale. Voilà pour rétablir la vérité, dans cette affaire, sur le manque total de scrupules de François Mitterrand. Je ne m'engage sur rien d'autre.

10

Un groupe autonome d'une dizaine d'hommes devait protéger Mazarine. Deux d'entre eux se trouvaient en permanence avec elle, ou du moins jamais très loin. Il fallait impérativement garder ce que nous appelions la « permanence du contact ». Les deux hommes étaient présents dès le matin quand elle sortait et ils l'emmenaient à l'école. Au début ils la déposaient en voiture. Un jour, elle a décidé qu'elle irait désormais seule en classe et elle a voulu prendre le bus. « Seule » est une façon de parler : nous prenions discrètement le bus avec elle. Le jour où elle a décidé de s'y rendre en vélo, ils ont dû acheter des vélos et la suivre à coups de pédales. Il fallait bien se plier au côté fantasque de l'adolescence. Les choses se sont passées à peu près sans heurt jusqu'à la fin de son enfance. Ça vient vite. Pendant les premières années, elle ne pouvait pas comprendre très bien et nous faisions simplement partie de son entourage. Brusquement, vers treize ou quatorze ans, elle s'est mise à considérer la situation. Elle a comparé avec ses camarades, et elle n'a pu que constater que son cas était hors du commun. Apparemment c'était difficile à accepter, elle se révolta. Mais elle était aussi en âge de réfléchir et de se rendre compte qu'elle ne nous échapperait pas. Parfois elle essayait de se débarrasser de nous, un peu enragée contre sa naissance, sans succès. On comprend bien que souvent elle se serait contentée de son ange gardien d'origine, et qu'elle se serait volontiers débarrassée des deux autres, beaucoup plus encombrants.

Excepté à l'intérieur d'une maison, Mazarine n'était donc jamais seule. Jusqu'en 1995, elle n'a pas pu connaître la paix d'une promenade solitaire. Il faut aussi s'imaginer que le jour où elle fut en âge de vouloir organiser ses vacances avec des amis, il a fallu, bien malgré elle, compter avec nous. Une équipe partait avec elle, sans la lâcher où qu'elle aille. Ainsi son père pouvait savoir exactement où elle était à n'importe quel moment, et il ne se privait pas de suivre sa fille à la trace. Il m'a souvent fait appeler, à l'Élysée ou ailleurs, pour me demander où était Mazarine au moment même. En quelques minutes, je pouvais le renseigner. Il savait où et avec qui. Rien de la vie de sa fille n'a échappé à François Mitterrand. C'est une situation rêvée pour un père curieux. Il a suivi ses premières aventures, puis la première histoire sérieuse. C'était alors à nous d'apprendre au président que Mazarine passait un temps inaccoutumé chez un tel, et un peu plus tard il me revint l'ingrat privilège de lui annoncer que sa fille chérie n'avait pas passé la nuit chez sa mère la veille. Je me serais bien passé de ce type de commissions.

Malgré la rébellion, et comme ses gardiens étaient toujours les mêmes, il s'est instauré entre Mazarine et eux des relations presque amicales, et même un certain attachement. Les hommes chargés de cette tâche étaient sélectionnés pour elle, ils étaient choisis jeunes avec des tempéraments qui pouvaient le mieux s'accorder au sien. Ils se tutoyaient et lui servaient parfois également de confidents. Ce qui ne l'a pas empêchée d'intervenir auprès de son père pour se débarrasser de nous. C'était impossible, mais le président, qui cédait souvent à Mazarine, nous a demandé d'opérer avec plus de souplesse, de nous faire encore plus discrets, et même d'essayer, de temps en temps, de la suivre à son insu... Mais il tenait absolument, autant que nous, à ce que le dispositif perdure. Une fois compris qu'elle ne pouvait rien contre notre présence, elle nous a définitivement acceptés, sans plus rechigner, en jeune fille intelligente qu'elle est.

Une équipe de deux hommes s'occupait aussi de chacun des petits-enfants, d'Adrien le fils de Jean-Christophe et de Pascale et Justine les filles de Gilbert.

Mazarine et sa mère constituaient le cœur du cercle privé du président. On peut dire que son existence formait un certain nombre de cercles concentriques et que sa famille parallèle en était le centre. Très peu de monde avait accès à ce dernier cercle. Et encore moins parmi ceux qui se réclament de son intimité depuis sa mort. Le seul qui en fut vraiment proche parmi ceux qui vivent encore est Robert Badinter, également le plus discret.

De ceux qui formaient le cercle politique, aucun n'avait accès à cette partie de sa vie. Ni Jack Lang, ni même Charles Hernu ou Roland Dumas, ni plus tard Michel Charasse, le dernier de ses amis politiques. Le président tirait des frontières.

François de Grossouvre lui, était des intimes du premier cercle. Cela explique peut-être qu'il n'ait jamais pu franchir vraiment la frontière vers la politique. Nous allions assez souvent chez lui, dans sa propriété de l'Allier, pour passer quelques jours de vacances. C'était un très bel endroit, tenu à merveille, où François de Grossouvre faisait planter de grandes rangées d'arbres sur lesquels il veillait personnellement. Il avait cette passion commune avec François Mitterrand. Je repense à ce que ces arbres doivent être aujourd'hui, qu'il n'aura pu les voir épanouis, ombrageant les promenades de sa vieillesse. Plusieurs fois, Mazarine fut du séjour chez

François de Grossouvre, et je me rappelle les difficultés que nous avions avec ses petits-fils qui l'emmenaient à moto dans les bois, nous obligeant à des poursuites imprévues.

François de Grossouvre ressemblait pour moi à une personne d'un autre siècle. Cette impression était sans doute due à une élégance toujours irréprochable, à son allure peu courante. Il portait une barbe courte impeccablement taillée. Au milieu de son visage aristocratique brillait un regard assez froid.

Au tout début de la présidence de François Mitterrand, François de Grossouvre s'était un peu occupé de travaux occultes. Nous savions tous qu'il aurait souhaité par-dessus tout être chargé d'affaires et de services en rapport avec le renseignement. Non sans un certain romantisme, à mon sens, il se voyait en puissance occulte, au bras discret mais puissant, main de fer dans un gant de velours. En réalité, l'arène des services secrets n'était pas faite pour lui. François de Grossouvre a certes joué un rôle prépondérant dans la crise libanaise grâce à des relations puissantes qu'il avait su se faire au Liban. Il a également œuvré pour la mise en place de notre dispositif, mais il a voulu s'introduire en vain à la DGSE. J'en ignore les raisons. Il a peut-être eu plus d'exigences qu'il ne pouvait en avoir, et peut-être aussi que François Mitterrand ne lui a pas apporté le soutien qu'il croyait pouvoir en attendre. Malgré les très grands pouvoirs du président en France, le pays, les institutions, les services de l'État ne sont pas sa pâture personnelle. D'autre part, je sais que, dans l'esprit de François Mitterrand, il valait mieux éviter de se faire plusieurs ennemis pour contenter un ami, que celui-ci ait raison ou tort. Pouvait-il abandonner la stratégie de toute sa vie qui lui avait si bien réussi ?

On a beaucoup vu François de Grossouvre dans les trois ou quatre premières années du premier septennat.

Puis il disparut quasiment des allées du pouvoir. Cependant il avait gardé son bureau à l'Élysée – ce bureau qui serait son dernier spectacle – où il continuait de se rendre. François Mitterrand lui confia le poste honorifique de président des chasses présidentielles, supprimé plus tard pour des raisons floues. Sa présence et son influence, par la force des choses, s'estompèrent rapidement. Il revint sur le devant de la scène mais seulement en apparence, quelques années plus tard, dans un rôle au-dessous de sa condition, qui ne pouvait pas lui convenir, qui ne pouvait même que l'anéantir, celui d'alibi. François de Grossouvre avait un appartement de fonction dans ce que nous appelons le palais de l'Alma, un immeuble du quai Branly où étaient logés des employés de l'Élysée. La famille secrète de François Mitterrand, de son côté, habitait une rue très passante de Saint-Germain-des-Prés. Une fois achevé le temps des escapades nocturnes, le président s'y rendait presque tous les soirs pour y rester la nuit. C'était un souci d'importance pour nous, car il devait passer inaperçu jour après jour, avec nos trois voitures qui suivaient, nos deux motos, et ce même si nous prenions la précaution de le déposer à la tombée de la nuit et quelques numéros avant l'immeuble. Un jour cela se saurait. Il y aurait des photos. Et il vaut mieux éviter le genre de batailles qui s'ensuivent. Ce sont des travaux dans l'immeuble d'Anne Pingeot qui exigèrent une solution de remplacement. Par chance, un appartement se trouvait libre dans le palais de l'Alma. Rapidement, Mazarine et sa mère y furent installées. C'est alors que le président annonça son installation officielle à l'Élysée. Ce qu'il faut de ruse !

L'appartement des Pingeot se trouvait juste au-dessus de celui de François de Grossouvre. Pour que ses visites quotidiennes à sa seconde famille passent inaperçues, il quittait l'Élysée le soir avec Grossouvre. À leur arrivée quai Branly, il le laissait à son étage après avoir échangé les considérations les plus banales. Tout le monde a pu ainsi croire un moment que François de Grossouvre revenait en grâce, qu'il était à nouveau l'éminence grise, mais il n'avait été intronisé que complice d'une fourberie. Cet abaissement d'un ami, et d'un ami si peu fait pour ça, était malheureusement une preuve du manque absolu de scrupules de François Mitterrand en cette matière.

Quant à sa mort, c'est l'histoire de la fin tragique d'une vie bien remplie. Elle a donné lieu à un déchaînement de fantasmes qui a achevé de dessiner les traits démoniaques de François Mitterrand. La mort de François de Grossouvre provoqua des affirmations dénuées de tout fondement. Pour moi, ce drame a montré une fois encore, s'il le fallait, la passion destructrice que l'appétit du pouvoir engendre. François de Grossouvre s'est suicidé. J'ai dit comme il serait facile pour certains services français d'éliminer quelqu'un. La première chose à prendre en compte, puisque l'idée est si ancrée qu'il faut même étayer la vérité, est que jamais la chose ne se serait faite à l'Élysée. Il aurait fallu être complètement fou. Car l'Élysée, contrairement à ce qu'on peut croire, n'est pas l'endroit le plus sûr pour un président pour faire assassiner quelqu'un. Une fois la mort constatée, la police judiciaire enquête, l'affaire nous échappe, et j'ai dit combien nous étions peu appréciés par les autres services de la sécurité en France. S'ils l'avaient pu, ils nous auraient coincés. Ai-je besoin d'ajouter qu'aucun de nous n'aurait accepté une telle mission quand bien même le président nous aurait demandé de liquider Grossouvre en raison du danger qu'il représentait. Nous n'étions ni fous ni, et encore moins, corrompus. François de Grossouvre était protégé par un homme du GIGN. Une protection pas vraiment justifiée, mais encore honorifique. Peut-être

François Mitterrand se sentait-il redevable envers son ami au moins de certains privilèges. Mais je pense qu'il n'en avait pas ou plus besoin et qu'il ne voulait d'aucune manière l'associer au pouvoir. La distance entre François Mitterrand et lui était de plus en plus grande, il souffrait certainement de ce qu'il considérait comme un abandon. Il avait recherché les responsabilités, l'importance occulte, et ne les avait pas trouvées. En fait, François de Grossouvre ne représentait plus rien à l'Élysée. Il apparaissait éteint parce qu'il attachait sûrement de l'importance à ce qu'il pouvait représenter dans cette sphère. À ce moment-là, il souffrait certainement de l'isolement, de l'influence perdue. Et ces choses se savent. C'est un milieu de hyènes, on y est complètement abandonné par tous le jour même où l'on cesse d'être utile. Si l'on est un moyen d'accès au président tout-puissant, on est vraiment quelqu'un d'important. Ce qu'il fut, et ce qu'il n'était plus. Or il a certainement voulu, dans un dernier élan de courage, se destiner sa dernière balle, lui qui avait abattu tant de grands fauves africains, et provoquer des remous.

J'étais à l'Élysée le jour de sa mort. C'est son garde du corps qui, entendant le coup de feu, a couru jusqu'à son bureau et a découvert le cadavre. Ce fut le branlebas de combat. Cette mort, outre sa découverte attristante et macabre, nous posa un vrai problème. Nous nous sommes même demandé, un moment, s'il ne fallait pas déplacer le corps jusqu'au quai Branly pour faire croire qu'il s'était suicidé chez lui. Mais sur l'intervention du préfet Prouteau il fut laissé sur place. La PJ est venue faire son enquête et a conclu au suicide. C'était fini.

Sur les causes personnelles de cette mort, je ne donne que mes analyses de témoin. Indirectement, François Mitterrand est sûrement responsable de cette tragédie, mais on n'est pas maître de la faiblesse de son entourage. Avant sa mort, Grossouvre commença à faire connaître certaines choses dans Paris comme l'existence de Mazarine, mais absolument rien qui puisse justifier son élimination, au même titre que Hallier. Tout ce que je peux attester, c'est qu'à la fin il lui était même difficile de seulement rencontrer personnellement le président. Ce fut le second abandon, à partir du jour où François Mitterrand s'est installé définitivement quai Branly.

Il en va de même pour Pierre Bérégovoy. La responsabilité directe de François Mitterrand dans cette mort est encore quelque chose d'absurde. Mais on lui en a tant prêté qu'un de plus ou un de moins... Même s'il s'agit de mort d'homme ! Il semble facile à beaucoup de gens de décider de la mort d'un homme ! Pierre Bérégovoy était d'une grande honnêteté, et son honnêteté le soutenait. Sa mise en cause dans une affaire d'argent sans importance, où son intégrité personnelle ne pouvait pas être atteinte mais qui fut montée en épingle par la presse, ajoutée à l'échec aux législatives dont il s'estimait responsable, l'a brisé. Après l'extrême tension des responsabilités qu'il venait d'avoir, il a perdu pied.

S'il y avait un intérêt à éliminer quelqu'un, ç'aurait pu être Roger-Patrice Pelat. Le délit d'initié dans lequel il fut mis en cause concernait beaucoup de monde[1]. Il faut reconnaître également que, si l'on pouvait remonter jusqu'à l'Élysée depuis Pelat, il est mort fort à propos. Ma position ne m'a pas rendu assez proche de ces secrets pour affirmer quoi que ce soit. Mais j'ai tout de même assez connu le président pour le croire incapable d'une telle décision concernant l'un de ses plus vieux et

1. Le 16 février 1994 R.-P. Pelat est inculpé de délit d'initié dans l'affaire du rachat par Pechiney du groupe américain Triangle. Sont également impliqués dans l'affaire plusieurs proches de F. Mitterrand.

plus proches amis. À ma connaissance, Roger-Patrice Pelat était l'un des rares, peut-être le seul, à le tutoyer. Il n'avait aucune fonction politique, c'était un homme d'affaires de haut vol, aux intérêts très diversifiés. Le président allait souvent chez lui en Sologne et ils se voyaient plusieurs fois par semaine. Il y eut même une période pendant laquelle, presque systématiquement, ils se promenaient ensemble dans les rues de Paris en début d'après midi. De plus ils déjeunaient ou dînaient souvent tous les deux et se rendaient mutuellement visite. Est-ce qu'un homme aussi prudent, aussi malin que François Mitterrand aurait vu autant un homme avec qui il aurait préparé un coup tordu en bourse ? Je ne le crois pas. Et s'il avait dû se dépêtrer il s'en serait sorti autrement. En France, le président est intouchable, nous ne le savons que trop. Il n'a aucun compte à rendre. Et s'il avait été mis en cause même verbalement il aurait trouvé un bouc émissaire au dernier moment quitte à le rembourser généreusement plus tard pour son abnégation.

Je reconnais qu'il est suspect de voir trois proches de François Mitterrand disparaître à peu de temps de distance dans un contexte aussi obscur. Et cela donne libre cours à toutes sortes d'interprétations. Mais pour moi c'est de la littérature.

En dehors du cercle des intimes, une quatrième personne est morte durant le mandat de François Mitterrand dans des circonstances mal élucidées. On en a peu parlé parce que l'homme était moins important : c'était le capitaine G., officier de gendarmerie chargé des questions informatiques de la cellule antiterroriste, qui s'est pendu chez lui. Un certain nombre d'interprétations ont été données, hasardeuses, toujours les mêmes, mettant en cause le sommet du pouvoir. Il s'est tué au moment de la découverte des archives du préfet Prouteau dans un garage. Le premier réflexe fut de dire qu'il avait été exécuté pour l'empêcher de parler. Mais je connaissais cet homme-là. D'abord il n'avait rien à dire, donc il pouvait bien parler à sa guise. Il ne pouvait simplement rien savoir de plus que ce qui avait été trouvé dans ce garage. Plusieurs fois je l'ai approché : c'était un type visiblement instable, de ce genre qui se donne des airs d'en savoir très long. Ce qu'il savait, nous le savions tous. Des soupçons ont pesé sur le président. Les mythomanes sont dangereux pour eux-mêmes. François Mitterrand était indéniablement un opportuniste, un calculateur, un manipulateur, mais il n'avait aucune raison de devenir un criminel. Tout cela est seulement bon pour les fantasmes, apparemment aussi nécessaires pour certains au lit qu'en politique…

11

Dans l'ordre des plaisirs du président, les femmes arrivaient en tête. François Mitterrand et les femmes, vaste sujet, sujet très simple, vite parcouru. Résumé : un homme aime les femmes et a de la séduction ; il sait obtenir les faveurs de certaines ; devenu président de la République, il n'a même plus à se baisser pour obtenir ce qu'il veut.

François Mitterrand était d'une discrétion remarquable. Les femmes, nous les voyions passer, plus ou moins longtemps, on en apercevait une entre deux portes, l'une chassant l'autre.

Je me suis amusé à éprouver personnellement l'attrait du pouvoir sur les femmes. Pour une bonne partie d'entre elles il est irrésistible, c'est le chiffon rouge devant le taureau. Souvent, nous nous déplacions avec le président, en province ou en voyage officiel à l'étranger. Quand nous arrivions à l'hôtel, le premier jour (nous ne restions bien souvent qu'une nuit), une sorte de comité d'accueil pour le président se formait spontanément. Tout le personnel de l'hôtel était là, ce qui fait du monde, auquel s'ajoutaient les clients curieux. Un jour j'ai eu l'idée de me livrer à un petit test simple. J'étais déjà l'Interlocuteur Privilégié et je pouvais m'approcher du président. C'est au moment de traverser le hall pour rejoindre la suite présidentielle, devant l'attroupement, que je m'arrangeais pour avoir une conversation à voix basse avec le président. C'était toujours complètement anodin mais tout le monde nous voyait passer avec lui m'écoutant en me prenant le bras et me répondant avec sa sollicitude habituelle. Une fois tout en ordre, c'est-à-dire une fois le président dans ses appartements et les équipes en place pour la nuit, je descendais dans le hall de l'hôtel. En général, j'allais m'asseoir quelques minutes au bar et immanquablement, je dis bien immanquablement, la permanence du service du Voyage Officiel me faisait parvenir un papier où figurait un nom accompagné d'un numéro de téléphone. Sésame pour l'accueil aimable d'une femme... Nous étions trop sérieux pour en profiter, malgré les tentations.

Ce test confirmait mon constat, certes banal : ceux qui représentaient le pouvoir ou le frôlaient semblaient parés d'un attrait supplémentaire. Même à mon niveau, visible par mon âge et mon allure, ce pouvoir rejaillissait. Et cela suffisait à éveiller l'intérêt de certaines femmes et à les rendre audacieuses, chose plutôt rare en temps ordinaire. Je laisse donc imaginer ce que ça peut être pour un ministre, sans parler du président. Tout cela malgré une absence souvent assez étonnante chez eux d'attrait extérieur. Le pouvoir est un charme suffisant même quand il n'y en a pas d'autre. Je dirais même qu'il transforme tout en charme, et que la plupart des hommes politiques en profitent. J'imagine assez deux copains de dix-huit ans en mal de bonnes fortunes, et l'un disant à l'autre : « On devrait faire de la politique ! » Je ne douterais pas que ça ait éveillé des vocations. Nous sommes-nous extirpés de la grotte et du souvenir de la meute ?

L'évocation du service du Voyage Officiel me rappelle l'ambiance qui régnait dans ces déplacements. Je me souviens notamment de cette permanence par où passaient les messages qui m'étaient destinés, et qui avait pour rôle d'aider les personnes de la délégation. Elles ont toujours besoin d'être aidées. Elles ne savent jamais où sont leurs clés, leur chambre, leur voiture. C'était pourtant bien organisé, mais on ne peut pas imaginer, si on n'y a pas été mêlé, à quel point ces gens sont en dehors des réalités. Je pense aux membres d'une délégation en général. Ce sont des assistés permanents : ils se perdent tout le temps, ils ont besoin d'être dirigés, accompagnés. Je suis certain que la plupart d'entre eux seraient incapables de faire ce que le commun des mortels accomplit tous les jours. Certains sauraient à peine acheter le pain. Je pense particulièrement à l'entourage présidentiel dans son ensemble, une faune hétéroclite composée de personnel technique (perdu en dehors de son attribution précise), d'hommes politiques en général, d'hommes d'affaires. C'était d'autant plus frappant que le président lui-même était sûrement beaucoup plus débrouillard que tous les membres de sa suite.

Il faut revenir aux femmes. Même s'il n'y avait ni allusion ni commentaire de sa part sur le sujet, François Mitterrand n'éprouvait absolument aucune gêne vis-à-vis de nous, et vis-à-vis de personne en vérité. Je me rappelle une de ses importantes liaisons, sur le boulevard Saint-Germain. C'était une très belle fille aux cheveux bruns qui avait certainement moins de trente ans. Il allait souvent la voir. Dans ce genre de cas, il nous expliquait précisément la marche à suivre :

— Vous me déposerez quelques pas avant l'immeuble, je marcherai un peu, il n'y aura personne à côté de moi. Vous me suivrez à distance respectable. Il ne faut absolument pas que je sois vu.

Cela se passait à cheval sur les deux septennats. Le président pouvait s'y rendre à n'importe quelle heure. Aussi bien tard le soir qu'en pleine journée ; souvent en pleine journée. Il n'avait absolument aucun complexe sur les horaires.

Un jour, un autre Interlocuteur Privilégié a voulu se renseigner auprès de la concierge. Il voulait être en mesure de retrouver le président le cas échéant. J'ignore comment, mais François Mitterrand l'a su. La fois suivante où j'étais de service et où nous nous rendions une fois de plus boulevard Saint-Germain, il me lâcha, avant de sortir de la voiture :

— Et surtout ne faites pas comme votre collègue.

Avec les femmes, il établissait un barrage. Il ne tolérait même pas que nous sachions. Ça devait participer de son mode de division des pouvoirs. Il considérait que nous avions suffisamment d'attributions pour ne pas déborder sur la sphère sentimentale. Cette partie-là appartenait à d'autres.

Le président recevait fréquemment les femmes à l'Élysée. La belle brune y est venue pendant un moment. Dans ce cas-là nous lui servions : grâce à nous, n'importe qui pouvait entrer incognito, sans le moindre contrôle. Au sujet de cette femme nous nous sommes tout de même posé quelques questions. C'était un personnage assez énigmatique, que nous avions revu à Château-Chinon et dans plusieurs autres endroits fréquentés par le président. Elle a été vue si souvent à une époque, la différence d'âge était si grande, et la réputation de François Mitterrand si bien établie que nous nous sommes demandé un temps si elle ne pouvait pas être sa fille. Nous n'avons pas poussé les recherches.

Les affaires de cœur du président nous ont causé quelques soucis. Aujourd'hui je suis certain que ç'aurait été la meilleure manière de l'atteindre. Son penchant était si notoire que j'ai vu pas mal de gens tenter de pénétrer dans le cercle restreint de ses proches en mettant en avant une créature. Ainsi je me rappelle une femme, très belle et qui n'en cachait rien, qui tentait visiblement d'allumer le président sur les injonctions de son mari. Un jour où je discutais avec elle, elle m'expliqua clairement, tout en me faisant comprendre qu'elle s'ennuyait ferme, qu'elle était là pour séduire le président. Je ne sais pas jusqu'où son mari espérait qu'elle le séduirait. La femme comme investissement... Plus l'on s'approche du pouvoir, plus l'élégance se raréfie comme l'oxygène en altitude.

Tout ce que nous pouvions nous permettre dans ce domaine, c'était de passer régulièrement son appartement au détecteur de micro. Impossible de fouiller ses élues. Voilà qui contredit au passage notre réputation d'âme damnée, de sombre complicité et de pouvoir exorbitant. En l'occurrence nous étions tout à fait démunis. Sans compter que le président aurait pu avoir l'intention, un brin perverse, de donner un frisson préalable à ses proies par notre truchement et celui d'une fouille. Frisson de la suspicion, du danger, de l'approche du saint des saints ultraprotégé. Mais il n'en était simplement pas question. Le président était assez homme du monde, en définitive, pour se passer de ces ruses de potentat.

Les femmes furent nombreuses. Certaines apparurent à la lumière, comme cette journaliste suédoise que l'on vit beaucoup et qui l'accompagna dans un certain nombre de voyages officiels, et les autres – la plus grande part – sont restées dans l'ombre. Nous avons vu des cohortes de femmes à l'Élysée et nous déduisions que c'étaient des liaisons. Son évidente fascination pour les femmes, ses liaisons avérées et le fait que le plus grand nombre d'entre elles apparaissait soudainement pour disparaître de même après quelques semaines d'assiduité, tout cela nous permettait de les considérer sans trop de doute comme des partenaires de gaudriole. Car François Mitterrand était toujours entouré de jolies femmes, partenaires ou pas, et c'est un fait qui dénonce l'amateur. Je crois avoir dit que son œil était un radar.

J'étais le mieux placé pour sentir ce courant de tension s'échapper de son regard en présence de certaines femmes, pour voir à qui il le reliait toujours, et pour en constater la fréquence. Même au cœur de la foule, n'importe où, il repérait la citoyenne mafflue, la femme de nature invitante, la fraîcheur revigorante, ou la simple beauté.

Cela commençait donc par un balayage oculaire. Et se poursuivait par un repas en tête à tête à l'Élysée. Entre les deux : mystère. Nous ne le voyions jamais approcher directement les femmes sur lesquelles il avait jeté son dévolu. Cependant je suis entraîné, et je reconnaissais très bien dans telle nouvelle visiteuse telle belle plante repérée à une réception, et avec laquelle il n'avait pourtant pas même échangé un sourire. Jamais je ne l'ai vu fixer le moindre rendez-vous, dire le moindre : « Appelez-moi », ou un énigmatique : « À bientôt », ou même son fameux « Ferait-on de la peine à quelqu'un en vous appelant ? » Ni glisser un billet ou en recevoir un. Je l'ai bien vu, parfois, dire deux ou trois phrases à une femme qui lui avait tapé dans l'œil, mais j'atteste qu'il s'agissait des propos les plus anodins, et que ce n'était pas codé. Il avait donc mis au point un système de rabattage. Je ne suis pas sûr que dans ce domaine le président ait eu le goût du risque. À partir du moment où une femme avait été approchée pour être dirigée vers l'antre de l'Élysée, elle savait à peu près à quoi s'en tenir et son acceptation de l'invitation était déjà une bonne part du travail. Pour la suite je ne méjuge pas la capacité de François Mitterrand à convaincre. Ni son audace à aller au fait.

Il y avait dans l'entourage du président d'autres amateurs de femmes. Michel Charasse est l'un d'eux. Je crois que leur proximité est en partie due à leur parfaite entente dans ce domaine. J'ai même tendance à penser que Michel Charasse fut fort complaisant. Ce qui n'est, évidemment, que mon interprétation de spectateur. François Mitterrand était aussi assez intime avec Pierre Bergé, qui n'est pas amateur de femmes au sens où nous l'entendons, mais qui était seigneur en un monde où les femmes sont belles. Cependant je ne veux pas sauter aux conclusions. Ce dont je suis à peu près certain, c'est que le contact était noué par un complice du président, d'une manière ou d'une autre expert en ces matières, qui devait y aller d'une sortie bien rodée de cette teneur :

— Le président a été impressionné par votre conversation, etc. Si ça vous intéresse de mieux le connaître il me serait facile de vous le permettre. De son côté il le souhaite...

J'extrapole. Mais je ne l'ai jamais entendu, au long de mes dix années auprès de lui, relancer quiconque au téléphone. Or, je l'ai dit, il ne se serait pas gêné et, même s'il avait la volonté d'être discret, il savait se faire comprendre sans être explicite. Une chose est pourtant certaine : l'affaire était rondement menée. Il fallait moins d'une semaine, trois ou quatre jours en général, pour que de nouveaux talons féminins viennent une fois de plus claquer sur les parquets du palais. Au son des pas dans les couloirs désertés, nous pouvions presque nous faire une idée de la nuit qui l'attendait. Il y avait des pas fermes et pleins de décision, il y avait des pas assurés mais souples de femmes sensuelles, des pas incertains, des pas de souris... Il y en eut plusieurs dizaines à ma connaissance. On peut dire que c'est beaucoup. Évidemment ces choses-là n'étaient pas mentionnées dans les mains courantes. Notre jeu à nous consistait, quand nous savions qu'il dînait ou déjeunait avec une nouvelle femme en tête à tête, à nous trouver dans un couloir où elle passait pour voir à quoi elle ressemblait. Couramment après le repas, le président montait dans ses appartements privés avec son invitée.

Au bout du compte, François Mitterrand a passé un temps considérable avec les femmes ou à s'en occuper. Il en a vu jusqu'au bout, jusqu'en 1995, jusqu'aux dernières semaines de son second septennat (du moins avec mon témoignage car je ne l'ai pas suivi au-delà), alors qu'il était très amoindri par le cancer et qu'il faisait peine à voir. Un matin des derniers jours de pouvoir, je suis entré dans sa chambre de l'Élysée vers dix heures du matin. Il était encore en pyjama (le président dormait dans un pyjama bien boutonné et parfois dans une robe de chambre à l'ancienne avec le bonnet de nuit et son pompon), allongé sur son lit. On a discuté un instant jusqu'à ce que quelqu'un frappe à la porte et entre sans invitation. C'était une jeune personne charmante que j'avais déjà vue plusieurs fois, présente parmi nous à titre professionnel. C'était une interprète bien connue de l'Élysée depuis qu'elle avait attiré l'attention du président. Nous étions samedi et personne ne travaille ce jour-là à l'Élysée en dehors des permanences. Elle était plutôt à l'aise et elle a participé tranquillement à la conversation. Toujours est-il que personne ne peut entrer de la sorte dans la chambre du président, il faut une introduction. Sauf dans ce cas précis. Elle devait être là avant que je n'arrive et s'était absentée un moment, avant de reparaître. L'incorrigible vieillard aimait décidément les femmes. Leur présence, leur aura. Même aux portes de la mort.

12

Les voyages officiels de François Mitterrand ont fait beaucoup parler et beaucoup couler d'encre. Il y eut effectivement une période où le président prenait la tête de véritables processions à travers le monde. Elles donnaient un peu l'impression, antinomique avec le socialisme, des visites du roi de Siam à la France sous l'Ancien Régime ou des fastueuses délégations des ambassadeurs de France auprès des cousins d'Europe. On affrétait couramment trois Boeing.

Dans le premier avion se trouvait la délégation officielle, à savoir le président lui-même, certains ministres plus ou moins concernés, quelques membres du personnel technique, auquel j'avais l'honneur d'appartenir (nous étions trois du GSPR dans cet avion, dont l'Interlocuteur Privilégié). Cet avion avait été spécialement aménagé par Air France pour servir au président de la République. À l'avant de l'appareil se trouvaient ses appartements avec une salle à manger, un salon et une chambre à coucher. Tout le reste avait été transformé en première classe. Le deuxième avion ne transportait que le personnel technique, tous ceux qui mettent en œuvre l'organisation préparée par d'autres équipes. C'étaient le personnel de transmission, les maîtres d'hôtel, les valets de chambre, et les autres membres de la sécurité.

À notre sujet encore, et pour bien insister sur nos convictions, nous avions pour principe d'éviter les dépenses luxueuses quand c'était possible. Dans les voyages officiels, il en va de la représentation de la France : la délégation, jusqu'à ses membres les plus modestes, descend obligatoirement dans les meilleurs hôtels de la ville et la règle suivie veut que trois cents personnes occupent trois cents chambres. Nous avions obtenu, au GSPR, contre la coutume et en insistant, d'être installés à deux par chambre. De même nous ne prenions jamais, pour nos déplacements en avion, que des billets en classe économique. Il est vrai que le personnel de l'aéroport repérait que la réservation avait été faite par l'Élysée, et nous étions souvent surclassés.

Le troisième avion emmenait les journalistes. Je pus constater avec stupéfaction à quel point la hiérarchie s'imposait dans cette caste où l'on se tutoie. Il y avait les stars de la télévision, airs de phénix, arrogantes, puis, venant derrière, les responsables politiques des grands journaux nationaux, tout cela déclinant jusqu'à la presse locale et réparti, malheureusement, dans un avion de ligne courant divisé en trois classes. Comme tout ce monde pouvait tenir à ses prérogatives de façade ! Toutes les places étaient dévolues nominalement, sans empêcher la valse des étiquettes !

Ces grandes caravanes parcoururent le monde jusqu'au début du second septennat. Ensuite il y eut très peu de voyages officiels. Nos déplacements concernaient principalement ce qu'on appelle aujourd'hui des sommets, c'est-à-dire des rencontres de chefs d'État où il n'était question que de politique internationale. Ce n'était plus la ménagerie à fort appétit de ce qui compte en France, et qui pour compter se devait de figurer sur la liste des grands voyages officiels. Et ils y tenaient, à en être ! Je sais que personne ne se faisait prier. Ces temps révolus, le président voyagea dans un avion du Glam (Groupement de liaison aérienne ministérielle) aménagé pour lui, un Falcon 900 ou un Myster 50. Le plus souvent il prenait son Falcon à douze places. Avec lui, il n'emmenait plus que son médecin (il y a toujours un médecin pour accompagner le chef de l'État dans ses déplacements à l'étranger, muni d'un stock de sang, B positif dans le cas de François Mitterrand), un ou deux ministres et les membres de la sécurité. Plus tard, le service médical a pris évidemment beaucoup d'importance. Mais le président ne se laissait pas encore abattre. Malgré nos trente ans et notre bonne condition physique, les journées avec lui étaient épuisantes. Il est vrai que, pour nous, une simple visite d'un quart d'heure du président dans un quelconque musée représentait quatre heures de travail en amont. Les journées étaient longues et il tenait rudement bien le choc, le « vieux », comme nous l'appelions affectueusement. Nous ne savions pas encore qu'il était malade. Sa maladie a peut-être été le secret le mieux gardé de ses quatorze années de pouvoir. Quoi qu'il en soit, jusqu'en 1993, sa maladie ne paraissait pas le gêner dans l'accomplissement de sa tâche. Peut-on pour autant justifier le mensonge ? Avec un porte-drapeau comme François Mitterrand, il était naturellement entré dans les mœurs.

13

La table avait aussi son importance parmi les plaisirs. Comme en tout, François Mitterrand y avait des goûts simples. Il n'a jamais recherché, là plus qu'ailleurs, la sophistication. On a assez parlé des restaurants où il aimait aller. Comme à son habitude, il avait l'art de diviser sa vie, de la cloisonner en secteurs imperméables les uns aux autres, et les restaurants étaient classés selon les mêmes exigences. Chez *Le Duc* boulevard Raspail, qui a pour spécialité le poisson cru mariné, il allait le soir avec madame, son épouse légitime, et avec la famille officielle, comme il l'avait fait auparavant à *La Gauloise*, qu'il n'a plus honoré de son appétit après le changement de propriétaire. Il y avait aussi la brasserie *Lipp*, parfois, dans les débuts surtout. Il aimait également assez une brasserie proche des Champs-Élysées, mais à la sortie de laquelle il s'était fait piéger un soir avec son camarade Helmut Kohl par un photographe de *Match* qui planquait sur un toit. Il nous avait échappé... Par agacement il n'y est plus jamais retourné. Il était assez soupe-au-lait. Ce qui explique une certaine vivacité, et des décisions parfois dénuées de logique. De l'autre côté, pour ses sorties de père de famille « comme tout le monde », il choisissait *Le Divellec*, avec une prédilection pour le mercredi à déjeuner. Une habitude prise sans doute parce que c'était le jour où il n'y avait pas d'école pour Mazarine quand elle était petite. Je me rappelle également *La Ferme Landaise*, dans le 14e arrondissement où il allait de temps en temps avec Pierre Bergé, et dont il appréciait les foies gras et les magrets.

De manière générale, le président avait une prédilection pour les fruits de mer et le poisson. Il aimait les huîtres, et même les violets, ces mollusques pas très appétissants que goûtent seuls les inconditionnels. François Mitterrand était un excellent convive. Il n'était pas homme à chipoter. Il arrivait même qu'il exagérât. J'en eus une frappante illustration un jour où nous étions au Mont-Saint-Michel pour un déjeuner chez *la Mère Poulard* avec Margaret Thatcher. Je n'ai pas vu ce que le président avait avalé ce jour-là, mais une fois sur le trottoir à la sortie du restaurant, avec tout le dispositif qui peut entourer deux personnages de cette ampleur, il s'écarta soudain du Premier ministre britannique, se ploya, et dans une série de contractions vomit l'intégralité de son déjeuner. Margaret Thatcher, comme on peut s'y attendre, n'a pas plus cillé que face aux grévistes anglais. Est-ce que l'omelette était mauvaise, ou est-ce que François Mitterrand s'en était gavé ? J'aime mieux voir préserver la réputation de la cuisine française.

Un jour de printemps, nos incessants périples nous avaient amenés à Gordes. Pays de rocaille, versant sec et chic du Luberon. Il était à l'intérieur de sa maison et nous dans le jardin planté d'oliviers, moi proche de la porte, à l'affût du premier mouvement. À cette époque, j'étais une vraie machine, avec une multitude d'automatismes et de « fonctions ». Ma présence efficace pouvait rassurer. Il était au-delà de midi, et je vis notre président sortir, les bras le long du corps, vieux bonhomme désemparé. Il voulait déjeuner mais les femmes l'avaient laissé seul et sans rien à se mettre sous la dent. Il venait de fouiller les placards déserts de la cuisine.

Tant de femmes et pas une main pour le nourrir ! Je mis en marche la fonction « nounou ».

— Qu'est-ce qui vous ferait plaisir ?

— Prenez ce que vous voulez, dit-il, faites comme pour vous, ne vous inquiétez pas.

Je n'avais pas fait l'école hôtelière. Voici peut-être un des rares cas où le capitaine Barril n'aurait pas été inspiré.

— Mais dites-moi...

— Ça m'est égal. Choisissez.

— Vous voulez qu'on vous prenne des œufs, des pommes de terre, une salade et du pain, comme ça vous aurez une omelette ?

— Parfait, monsieur Gamba.

Sur ce ton il aurait pu dire : « Excellent, mon bon Vatel. »

Le GSPR à l'épicerie. Men in Black avec une boîte d'œufs, une plaquette de beurre et un filet de patates. Je ne me suis pas proposé pour l'épluchage. Il s'est débrouillé tout seul. Nous ne savons pas s'il s'est fait son omelette. Tout cela pour montrer que le pouvoir ne l'avait pas complètement gâté : il aurait pu se faire apporter ce qu'il voulait par n'importe quel restaurant.

Dans les avions, il ne supportait pas les plateaux. Pourtant, en général, ceux de première classe sont bons. Il préférait se faire préparer des sandwiches. Il se faisait acheter du pain chez Poilâne et du jambon par le service privé qui lui arrangeait son casse-croûte. Il l'accompagnait d'un verre de vin et il était comblé. Dans le Concorde, c'était particulier. Il prenait ce qu'on lui donnait. De même dans les voyages officiels où il avait sa salle à manger particulière dans l'avion. Qui dit salle à manger dit invitation. L'avion du président était un réservoir de convives aspirants et François Mitterrand s'amusait, autant que moi. Dans ces occasions, l'attitude de la cour, son anxiété après la faveur de s'asseoir à la table du président, était un vrai spectacle. Si certains avaient su que des yeux non concernés les observaient froidement... Mais je crois que l'attirance est plus forte que la dignité. Quant à moi j'étais comme sur une autre scène, acteur d'une nouvelle pièce. D'abord il fallait être bien vu aux yeux des autres en passant quelques minutes avec le président pendant le voyage, dans la partie réservée. Naturellement, c'était encore lui qui menait la danse en faisant appeler l'un ou l'autre, prenant plaisir au spectacle qu'il imaginait et qu'il connaissait fort bien. Je suis à peu près sûr qu'il lui arrivait d'appeler certaines personnes qu'il n'avait pas envie de voir et qu'il n'aimait pas pour en angoisser d'autres. Le meilleur moment était celui de l'approche du déjeuner ou du dîner. La tension montait. Il y avait des élus, respectés malgré l'envie. Parfois il n'invitait personne, ou bien un seul ministre sur les quatre présents. Le bouquet final, pour moi, était la transmission de l'invitation, la manière dont l'invité se levait, l'expression de triomphe réprimée sur son visage, et le déplacement jusqu'à la partie privée, l'air de rien, le bonheur inexprimable.

Quels spectacles le vieux président m'a ainsi donnés, dont je jouissais seul, ayant l'immense privilège des représentations privées.

Il ne faut pas oublier à quel point François Mitterrand était calculateur. J'en donnerai un exemple qui nous touchait directement. Il était parfaitement au courant du conflit entre gendarmes et policiers, ouvert au départ, larvé ensuite. Il aurait pu trancher, décider à lui seul qui devait avoir le pas sur les autres à l'Élysée. Il ne l'a jamais fait. Pour cette raison, les policiers, même très minoritaires, ont toujours été présents au sein du GSPR avec l'accès aux mêmes informations que nous. C'était un bon calcul dans le sens où il était assuré du meilleur service possible par le jeu de la rivalité. Ça lui permettait aussi, comme il le faisait avec les hommes, de ne pas donner trop d'importance à une instance par rapport à l'autre. « Diviser pour mieux régner » était une des maximes qu'il appliquait avec le plus de constance. Ainsi, dans son entourage politique réunissait-il des personnes dont l'inimitié entre elles était notoire. Dans son système, il était obligatoire à deux personnes qui ne s'aimaient pas de se compléter. Et elles se surveillaient aussi sans y être poussées. De même, lorsqu'il accordait un avantage à un camp de son parti, il ne négligeait jamais d'en céder autant au camp opposé. L'exemple de Michel Rocard est parlant, qu'il n'a jamais aimé et qui le lui rendait bien, tout de même choisi pour Premier ministre. Il était aussi capable d'utiliser les gens en paraissant les honorer pour les ruiner plus profondément. Est-ce que Michel Rocard s'est jamais relevé après que François Mitterrand l'a usé au pouvoir ? Puis il fait débouler Édith Cresson, par dérision, pour remettre tout le monde à sa place : en bas.

14

Le plus grand plaisir de François Mitterrand, après les femmes, et peut-être au même degré que la lecture et la table (qui était néanmoins le dernier de ses grands plaisirs il me semble), c'était la marche. Plutôt la promenade que la marche forcée, participant pleinement à sa « force tranquille ».

À Paris, il aimait quitter l'Élysée à pied, en allant presque toujours vers les Champs-Élysées. Ou bien on sortait en voiture et il décidait de descendre à un endroit précis. Il aimait le quartier de la rue du Bac et celui de Saint-Germain. Il s'arrêtait dans des librairies, la librairie Gallimard, une librairie de livres anciens sur les quais. Il était curieux.

À un certain niveau, le golf s'apparente à la marche. Sans être grand connaisseur, je crois que c'était le niveau de François Mitterrand. Mais il adorait jouer. Il y allait deux fois par semaine, invariablement, le lundi au golf de Saint-Cloud et le jeudi au golf de Saint-Germain. Ses partenaires habituels étaient André Rousselet, le docteur Raillard, et une certaine Hélène qui était de toutes les parties. Là encore, je me suis bien amusé. À voir le nombre de ses conseillers, des membres de sa cour qui s'étaient mis au golf pour le séduire, avec l'espoir de pouvoir glisser un jour dans la conversation qu'on aime le golf et de se faire inviter par lui à sa partie. C'était un grand classique pour le courtisan mitterrandien. J'ai même aperçu, une ou deux fois à la dérobée, des petits guides sur le golf...

Jacques Attali fit un passage éclair sur les parcours de golf. Je ne saurais dire s'il l'a fait en courtisan. J'en doute parce qu'il n'avait pas besoin du golf pour approcher le président. Je pense que le président l'a simplement invité, et le pauvre n'a pas voulu décliner l'offre. D'ailleurs il ne s'éternisa pas. Il jouait si mal que le groupe du président était obligé de le devancer dès les tout premiers trous. Pendant les quelques instants où Attali était encore avec nous, c'était une vraie partie de rigolade. C'étaient de francs, de tonitruants éclats de rire après les coups du conseiller et les commentaires du président, du genre : « Alors, ça ne s'arrange pas, monsieur Attali ! » Après avoir bien ri, ils poursuivaient leur partie, et le malheureux Attali restait seul, s'échinant, concentré au possible, pour approcher les drapeaux qui signalaient les trous. Pour lui, l'expérience n'a pas duré. Ce n'est pas un cas d'humiliation, mais on comprend qu'il n'ait pas tenu à faire trop longtemps les frais de l'hilarité générale. Nous non plus nous ne pouvions pas nous empêcher de rire. Surtout que le président ne ratait pas une occasion de déclencher la gaieté.

Pour nous rendre au golf, si nous n'utilisions pas l'hélicoptère ou si nous n'avions pas l'escorte officielle, nous prenions un itinéraire évitant la circulation. Nous passions par des pistes forestières dont nous faisions ouvrir les barrières. Un jour nous nous sommes trouvés devant une barrière cadenassée. Toute l'escorte s'est réunie autour du problème. Rapidement, le président a trouvé tout cela beaucoup trop long et il a voulu prendre une moto. Il avait de ces brusques impatiences. Il ne s'agissait pas d'arriver en retard au golf. Dans ces cas-là, il était inflexible : nous avons dû céder sans insister. Qui peut imaginer François Mitterrand à l'arrière d'une moto ? Je l'ai vu. En plus, il ne voulait pas mettre de casque. Ce fut mon tour d'être inflexible. Je lui ai attaché son casque, j'ai pris ses clubs et je l'ai suivi sur la deuxième moto.

Le lundi et le jeudi étaient les jours réservés à l'entretien des parcours. Ils étaient aussi réservés au président, qui avait le golf pour lui seul, partagé avec quelques jardiniers. Un golf désert est un lieu parfaitement paisible. C'était une occasion de se promener en faisant un peu de sport et en discutant de choses sans importance. Pendant la guerre du Golfe, le président n'a pas voulu abandonner sa partie. Pourtant nous avions décidé qu'il ne jouerait plus sur ses parcours habituels. Son habitude était trop connue, et nous considérions qu'en période de guerre il pouvait y avoir du danger. Nous l'emmenions sur le parcours de la base aérienne de Villacoublay. Il y a souvent des golfs sur les bases aériennes.

Il pouvait arriver à François Mitterrand de faire d'assez jolis coups, mais il pouvait être aussi carrément mauvais. Dans cette occasion, on voyait encore les courtisans aguerris, et même les intimes, qui commentaient par des éloges alors qu'il ne demandait rien. Tout cela agaçait le président, qui n'était pas un Nicolae Ceaucescu à qui l'on fabriquait des tableaux de chasse fabuleux. Quand la balle avait terminé dans l'eau, il y en avait toujours quelques-uns pour lui dire qu'il n'avait pas si mal joué, alors que son coup était indéniablement raté. Voyant qu'il ne trouvait personne pour lui parler franchement, le président se tournait alors, en général, vers moi. Une certaine complicité nous liait. Et je lui disais ma pensée :

— Ce n'est pas terrible du tout, monsieur le président.

Ou :

— Ce coup m'a l'air raté.

C'était ce qu'il désirait. Il avait très bien compris que mes compagnons et moi n'étions pas là pour avoir épousé sa cause. Ni partisans, ni courtisans, aucun de nous ne l'a jamais flatté. Nous lui disions les choses telles qu'elles étaient, telles que personne (en dehors de sa fille) n'osait jamais les lui dire, même pour ce qui avait le moins d'importance. Mais en même temps, comme je n'ai jamais connu personne aimant aussi peu la contradiction, cela tournait souvent au conflit. Auquel il mettait fin de façon régalienne.

Un après-midi, j'étais avec lui au bas des Champs-Élysées, presque à la Concorde. Nous étions prêts à traverser. Nous avions quitté le palais à pied. Les voitures passaient en flot et je le sentais s'impatienter, selon sa coutume. J'eus soudain l'impression qu'il amorçait un pas en avant malgré le feu vert. Alors je le devance et je descends du trottoir pour le couvrir en espérant que les voitures s'arrêteront, mais il me saisit le bras et me tire en arrière en me disant sur un ton de reproche comme à un gamin :

— Il ne faut pas traverser.

Je lui réponds que je n'allais pas traverser, que j'avais cru que lui-même voulait le faire, etc.

— Si, vous alliez traverser, me répond-il.

Je lui répète que non. Alors sèchement :

— Voyons, je vous dis que vous alliez traverser !

Je connaissais mon bonhomme et je savais très bien qu'il était en train de s'énerver. C'est unique d'absurdité, mais tous ceux qui le connaissaient un peu savaient qu'il était comme ça. Et nous étions donc à peu près les seuls à ne pas chercher à lui plaire.

15

Souvent, François Mitterrand était l'inconséquence même. Je crois qu'à force de se vouloir impénétrable il avait atteint à une rare contradiction de caractère, qui n'avait rien à voir avec son intelligence aiguë. Et puis, le pouvoir rend capricieux et il ne fit pas exception.

Si le président était incernable, il forçait le trait. Ça n'a facilité la tâche à personne. Combien de fois n'a-t-il pas agi à rebours de ce qu'il laissait entendre ! Et combien de fois ne m'a-t-il pas désapprouvé alors que je faisais mon travail dans le plus strict respect des règles dont nous étions convenus. Comme ce jour sur le golf d'Hossegor où j'ai vu une femme, devant sa maison qui bordait le parcours, en train de filmer le président. Naturellement je lui ai fait comprendre que la chose était malvenue. La fameuse Hélène avait vu la scène et je l'entendis dire au président :

— Heureusement que votre sécurité est là, parce qu'il y a vraiment des personnes qui ne se gênent pas.

Il n'aimait pas qu'on lui apprenne quelque chose. Il se tourna vers moi avec un regard sombre que je connaissais et m'interrogea :

— Qu'est-ce que vous avez fait ?

C'est Hélène qui répondit à ma place en lui expliquant exactement ce que j'allais dire, qu'une femme le filmait.

— Il ne faut pas prendre d'initiative comme ça, il faut me demander d'abord, me dit-il.

Puis il se tourna vers la femme à la caméra et cria à travers le terrain :

— Allez-y madame, prenez toutes les images que vous voulez.

Il aurait détesté se savoir filmé à son insu, mais une subite prise de conscience de ce qu'il s'était passé quelque chose dans son dos, de ce que d'une certaine manière le pouvoir absolu lui avait échappé une seconde, l'avait rendu irascible : il s'en est pris à moi, alors qu'encore une fois j'étais parfaitement dans le cadre de mes attributions et de ses désirs.

Je pense que ce sont des élans qu'il contrôlait mal, car une demi-heure après ce genre de scène, sans aller jusqu'à s'excuser évidemment, il s'approchait de moi et lâchait une petite phrase sur n'importe quoi, sans intérêt mais qui était comme un encouragement et une espèce de réparation. Quoi de plus éclairant que cette scène qui eut lieu à Cluny, où il enterrait l'un de ses vieux amis ? Dans cette région se trouvait la maison de famille des Gouze-Rénal, nom de jeune fille de Danielle. Ce jour-là, François Mitterrand était visiblement dans la peine. Je le voyais se recueillir au bord de la tombe. Dans un tel cas, le dispositif de sécurité se relâchait un peu. Nous gardions nos distances pour laisser la famille à son recueillement. Nous communiquions par oreillettes (au départ nous nous servions de radios mais le président se plaignait du bruit et nous avons dû changer de système). De la sorte, l'homme qui était resté à l'entrée du cimetière me prévint qu'une équipe de télévision de France 3 Bourgogne attendait le président pour l'interviewer. Je m'approchai donc du président pour lui dire qu'il y avait des journalistes qui l'attendaient, fermement décidés à le voir et à le filmer, et je lui demandai ce qu'il souhaitait faire. Sa réponse fut :

— Quand même, ils ne respectent rien, même pas la peine qu'on peut avoir...

Ainsi me fit-il clairement comprendre que ce n'était pas le moment. Je recontactai mon collègue pour lui dire que le président n'était pas disposé à voir les gens de la télévision. Les journalistes feignirent d'obtempérer mais ils restèrent sur place. Les voyant à la sortie du cimetière, François Mitterrand se dirigea droit sur eux au lieu de rentrer, il se planta devant eux et dit :

— Alors messieurs, comment allez-vous ? Je vois que vous travaillez, mais comment se fait-il que votre caméra soit posée ? Je suis là et vous ne me filmez pas ?

— Mais, monsieur le président, c'est votre sécurité...

Il se retourne vers moi.

— C'est vous ?

— Oui, monsieur le président, j'ai demandé qu'on vous laisse tranquille dans cette occasion.

— Eh bien ce n'était pas une bonne idée, m'assène-t-il, ces gens-là ont besoin de travailler, c'est leur métier.

Voilà qu'il me faisait la leçon devant les journalistes. Puis il ajouta en se retournant vers eux :

— De toute façon ce n'est pas grave, ce sera pour la prochaine fois. N'est-ce pas ?

Et nous repartîmes, après que je fus bien passé pour un imbécile devant tout le monde. Après quelques mètres parcourus à pied, il se retourna et m'adressa un grand sourire... Encore une fameuse entourloupe de son cru. Il avait encore réussi à tout ménager. Les journalistes n'avaient pourtant pas eu leurs images, et vis-à-vis de moi il avait rattrapé le coup, qui m'avait quand même stupéfié, par ce signe de connivence. Il était impossible de rien avoir de direct avec cet homme. Il avait banni toute franchise de son système.

De la même manière, il ne donnait jamais de directives précises. C'était une sécurité en même temps qu'un arrangement avec soi qui lui permettait de mentir effrontément. Je ne peux pas croire qu'il avait bonne conscience. En fait, je pense surtout qu'il avait éliminé depuis longtemps cette notion. Sa phrase-fétiche, quel que soit le cas à traiter, était : « Faites donc le nécessaire. » Je n'ai jamais entendu autre chose. Il se déchargeait de la sorte de toute responsabilité. Cela explique comment, lors du célèbre débat télévisé de la campagne présidentielle de 1988, alors que Jacques Chirac lui lançait, à propos des expulsions de terroristes supposés de l'ambassade d'Iran : « Dans les yeux, certifiez-moi que vous n'étiez pas au courant » (il faut dire que c'était très maladroit face à notre homme), il a pu répondre, fichant son regard dans le sien : « Dans les yeux je le certifie. »

C'était évidemment un mensonge éhonté, mais en finassant on peut arriver à avoir un tel toupet. De l'entourage, des gens de métier, des adversaires, personne ne fut dupe, mais le public, lui, a gobé cette énormité. Il a su convaincre ses partisans et troubler ses opposants. S'il n'avait pas été cru, il n'aurait pas été élu. C'est peut-être là-dessus que Jacques Chirac a perdu l'élection. En plus, je crois que les Français lui ont, inconsciemment ou délibérément, facturé l'immaturité que sa question décelait. Et cette discrète passe d'armes fut un triomphe supplémentaire au bénéfice du maître escamoteur.

Les horaires de golf du président sont rapidement devenus de notoriété publique. Un jour que j'étais à l'Élysée, je reçus un appel du secrétariat particulier qui demandait un responsable de la sécurité dans le bureau du président. Je montai. François Mitterrand était assis derrière son bureau en train d'écrire. Il m'invita à m'asseoir. J'attendis de longues minutes au bout desquelles il se saisit du dernier numéro de *Paris Match* et me le tendit ouvert sur une double page le représentant en train de taper dans une balle. Il me dit :

— Si c'était un fusil au lieu d'un appareil photo, j'étais mort.

Je lui répondis :

— Ce n'est pas si simple, monsieur le président.

— Comment, pas si simple ? C'est très simple. S'il a pu me prendre en photo, il aurait pu me tirer dessus. Vous faites mal votre travail.

En fait il ne pensait pas une seconde à un assassinat, mais il était une fois de plus très agacé d'avoir été informé par le journal. De mon côté, évidemment j'étais au courant. Nous avions repéré ce photographe et pris ses pellicules. Dans ces cas-là, nous faisions développer les photos et nous lui rendions celles que nous tolérions après avoir découpé les négatifs (ce qui est totalement illégal). Mais celui-ci avait eu le temps de dissimuler une pellicule. Nous pensions que l'affaire était réglée, il n'y avait donc pas à en parler. Cette fois-ci, on s'est fait avoir. Notre procédé étant déjà illégal, il était impossible en plus de déshabiller un photographe dans la rue ou de le mettre en garde à vue. Le président était exaspéré de notre ratage, mais par-dessus tout, de son ignorance. C'était un chef au sens propre, et un chef déteste être le dernier au courant. Il commandait et personne ne devait lui dire ce qu'il fallait faire. Chez lui, c'était même érigé en principe, au point qu'il n'aimait pas avoir l'air de céder à un avis. C'était le patron. Tout le monde, y compris les ministres, courbait l'échine et personne ne le contrariait. On a parlé de monarque et le mot est juste. Rien ne peut mieux s'accorder à sa façon de clore sèchement une discussion où il était un tant soit peu contredit. Ça voulait toujours dire : « Brisons là, j'ai raison, et même si j'ai tort j'ai raison tout de même parce que je suis au-dessus des contingences du tort et de la raison et que c'est mon bon plaisir. »

Un jour que j'étais seul avec le président, il me demanda :

— Et vous, vous êtes d'où ?

— Je suis du Vaucluse.

— Où dans le Vaucluse ?

— Je suis né dans un village qui s'appelle Peypin-d'Aigues, sur le versant sud du Luberon.

— Je connais bien, me répondit-il, il y a par là un petit village qui s'appelle Grosbois.

— Oui mais ce n'est pas Grosbois mais Grambois, monsieur le président.

— Je vous dis que c'est Grosbois.

— Mais non, monsieur le président.

— Puisque je vous ai dit que c'était Grosbois !

Fin du dialogue. Grambois est à trois kilomètres de chez moi. François Mitterrand y avait en effet rendu visite plusieurs fois à Catherine Tasca qui y possède une minuscule et charmante maison.

S'il était courtois, il pouvait aussi se montrer injustement atrabilaire. Outre les engueulades régulières qu'essuyait son valet de chambre parce que ce n'était pas les bonnes chaussures ou la bonne cravate, j'en eus une détestable illustration lors d'un voyage officiel à Oslo. Nous nous trouvions dans le hall de l'hôtel. J'étais à quelques pas du président et de sa petite cour. Ils étaient assis sur des canapés. C'était l'époque où Anne Lauvergeon était son directeur de cabinet. Elle n'était pas là et il la cherchait. Il était très irrité qu'on ne soit pas à sa disposition permanente. L'aide de camp du président, un colonel de l'armée de l'air, était debout derrière le canapé, près de moi. C'est à lui qu'il s'en est pris avec une agressivité et un acharnement surprenants, au point que c'en fut gênant :

— Si vous ne savez pas où elle est, disait-il, à quoi servez-vous ? Qu'est-ce que vous faites là si j'ai besoin de savoir où elle est et que vous soyez incapable de me le dire ? Vous pouvez me dire ce que vous faites là ? Etc.

C'était pénible. Il cherchait peut-être à alourdir l'atmosphère, ça lui ressemblait assez. C'est aussi un signe de pouvoir. Le malheureux aide de camp était en détresse, essayant de contacter avec son talkie-walkie quelqu'un qui pourrait l'aider. Il n'y pouvait rien, le président le savait mais il l'humiliait, sachant aussi que personne autour de lui n'oserait s'élever contre cette scène, ni n'oserait même esquisser le moindre semblant de signe de réprobation. À un moment il s'est tourné vers moi :

— Alors monsieur Gamba, comment fait-on ?

Je me dis que c'était mon tour, mais dans la seconde je vis Anne Lauvergeon, qui avait profité d'un moment de battement pour faire des courses, arriver dans le hall de l'hôtel. Je me penchai vers le président et je lui dis, en la montrant :

— La voilà.

Même si je n'y étais pour rien et s'il n'ignorait pas l'absurdité de la situation, c'était très fort de lui annoncer l'arrivée de sa conseillère deux secondes après sa question. Là-dessus il s'est tourné vers l'aide de camp en souriant, l'air de dire :

— Vous voyez, c'est comme ça qu'il faut s'y prendre.

Il jouait avec tout le monde et d'une façon, je dois le dire, presque perverse. Il n'y avait pas de perversité mais la même inconséquence quand nous allions nous promener dans Paris. Bien qu'il nous ait interdit d'utiliser le gyrophare et la sirène deux tons en sa présence, il ne concevait pas d'être coincé dans les embouteillages.

— Je veux me déplacer dans Paris comme tous les Parisiens, disait-il.

Mais comme tous les Parisiens il était bloqué. Après seulement deux minutes, rue de Rivoli par exemple, nous entendions :

— Comment se fait-il que ça n'avance pas ? Faites quelque chose. C'est insupportable.

Puis il s'en prenait au chauffeur et à tous ceux qui étaient dans la voiture :

— Pourquoi est-ce que vous m'avez amené là-dedans ?

Au bout de très peu de temps, il sortait de la voiture en claquant la portière avec humeur et on le voyait s'éloigner fermement. Pas mal de Parisiens ont pu le voir dans de tels moments. Certains lui disaient bonjour et il soulevait son chapeau. Nous étions cinq à le suivre, discrètement à sa demande, mais il ne pouvait pas lui arriver grand-chose. Il pouvait marcher comme ça une heure, les mains dans les poches, et soudain il réclamait la voiture. Il s'impatientait de la même manière et nous devions faire des miracles. Après l'avoir demandée deux ou trois fois, s'il ne l'avait pas, il nous lançait :

— Il faudra donc que je prenne un taxi, ou le bus ?

Dans ces circonstances, son impatience était légendaire. Un jour de manifestations, nous étions en déplacement privé avec trois voitures et deux motos. Pour une raison que j'ignore, nous n'étions pas au courant de ces manifestations mais, dans la voiture de tête, avec le président, nous pouvions voir la foule qui allait nous empêcher de passer. Nous avons donc demandé à un policier de la troisième voiture de nous trouver un autre itinéraire, mais il soutenait avec force que nous pouvions passer. Il était trop loin pour voir la foule. Par malheur ce jour-là, la conversation ne se faisait pas par oreillette et le président entendait tout. Au comble de l'exaspération il jeta au chauffeur qui était en contact avec le policier :

— Vous direz à votre collègue que c'est un paltoquet !

C'était l'insulte suprême. Ça peut prêter à sourire mais je dois préciser que nous n'avons jamais revu ce garçon. Le moins qu'on puisse dire, c'est que François Mitterrand était d'un commerce délicat. Dans certaines circonstances, je n'ai jamais vu plus casse-pieds. Le pouvoir absolu doit faire tourner la tête.

Outre le mystère qu'il cultivait autour de sa personne, cette façon de brouiller les pistes, ses réactions imprévisibles qui y contribuaient, la part mystérieuse de l'être humain, autrement mystérieuse que le trouble voulu, était chez lui beaucoup plus présente et palpable que chez d'autres. Son attachement à la nature m'en paraissait un signe. Pour emblèmes de son drapeau (ce drapeau qui flotte notamment sous forme de fanion sur le capot de la voiture de tout président) il avait choisi le chêne et l'olivier, longévité et paix. En forêt, il ne fallait surtout pas arracher une branche ni piétiner les plantes.

À Latche, il aimait par-dessus tout ses arbres, ceux qu'il avait plantés, et à chacun de ses passages il allait les voir et il leur parlait. Un soir à Gordes, où il venait toujours vers Pâques, je l'ai vu sortir avant d'aller se coucher. Il se croyait seul mais j'étais derrière lui tapi dans l'ombre, et j'ai vu ce vieillard tendre les bras vers les étoiles et leur parler. Je n'ai pas entendu, c'était une sorte de communication mystique. Puis il a embrassé un olivier en lui souhaitant bonne nuit, il est rentré dans la maison et les lumières se sont éteintes.

16

François Mitterrand avait de multiples points de chute en France. En dehors de ses propriétés des Landes et du Luberon, il aimait le petit château de Souzy-la-Briche, dans la région parisienne. C'est une résidence présidentielle où il allait beaucoup pour les week-ends avec Anne et Mazarine Pingeot. Il est très peu allé au fort de Brégançon et au château de Rambouillet, les deux résidences les plus connues. Je n'ai fait que deux séjours dans la première et un seul dans la seconde. Je pense qu'elles avaient été trop utilisées à son goût par Georges Pompidou et Valéry Giscard d'Estaing.

Souzy, avec son grand parc clos de mur, servait surtout pour les week-ends d'hiver et uniquement à la famille clandestine. C'était extrêmement privé et intime. Parfois, seulement un ou deux membres de la famille Pingeot étaient avec eux. Je n'y ai jamais vu d'homme politique. Dans l'enceinte du parc, Mazarine, en digne princesse de la République, recevait ses cours d'équitation. C'est à Souzy que j'assistais le plus souvent aux disputes entre le père et la fille. Mazarine est la seule personne que j'aie jamais vue et surtout entendue sortir de la déférence craintive envers le président. Et c'est peu dire.

— Tu ne devrais pas faire ça, pouvait-on entendre le président lui conseiller plutôt doucement.

— Je fais ce que je veux, lui répondait-elle moins doucement.

Et s'il insistait on ne tardait pas à entendre hurler :

— J'en ai marre. Tu m'emmerdes.

Ou d'autres répliques peu variées du même tonneau. Elle avait de la voix, c'était inhabituel face à lui. Nous le voyions revenir dépité et marmonnant, peut-être un peu gêné qu'on le voit si faible :

— Elle est intraitable. Qu'est-ce que je peux y faire ?

François Mitterrand passait ses week-ends à lire et à se promener. La cuisine était faite par une dame asiatique que nous allions chercher à Evry. Je le suivais dans toutes ses promenades, discret mais attentif : même une promenade peut être dangereuse. Comme ce matin à Latche où je le vis sortir avec sa canne et sa casquette, signe infaillible qu'il partait faire un tour. Tous les chemins qui mènent à Latche étaient barrés d'une chaîne avec un gendarme en faction. Je crois qu'ils le sont toujours, ce que j'ai du mal à comprendre... Je vis donc le président s'éloigner avec ses chiens et arriver à l'une des chaînes. Au lieu d'enlever la chaîne, le factionnaire présenta les armes. Le président lui dit bonjour et voulut enjamber la chaîne mais il s'y prit les pieds et s'étendit sur les aiguilles de pin de tout son long, le nez presque enfoncé dans le sable, la casquette qui avait volé et la canne de même, et la chienne Baltique par-dessus faisant fête à son maître qui lui faisait une si bonne surprise en venant à sa hauteur. Le gendarme resta pétrifié. Je me précipitai, je pris le président sous les aisselles et je le remis à la verticale. Voilà aussi à quoi je pouvais servir. Mais il était furieux :

— Laissez-moi tranquille ! Je ne suis pas un gosse tout de même !

La reconnaissance des grands laisse parfois amer. Je ravale et continue de servir.

On ne refuse pas l'invitation chez soi d'un président. Cette tradition remonte à très loin dans l'ancien régime, et de ce point de vue la République est un régime de tradition monarchique. Ainsi François Mitterrand s'invitait-il chez ses amis. Jusqu'à la mort de celui-ci, il alla régulièrement en Sologne chez Roger-Patrice Pelat, dans l'Allier chez François de Grossouvre, jusqu'au « lâchage », chez Élisabeth Guigou près d'Apt, chez Catherine Tasca à Grambois, chez Jack Lang sur le « versant des millionnaires » du Luberon, à la sortie de Clermont-Ferrand, en direction du plateau de Gergovie chez les grands-parents maternels de Mazarine, une fois par an le 15 août pour un déjeuner chez Jean-Christophe dans le Gers, dans le village de Sion... Il avait le choix. Il y avait aussi une maison à Hossegor, près de Latche, achetée ou louée (ce secret appartient au Trésor public), où Mazarine et sa mère demeuraient au mois de juillet et où François Mitterrand venait régulièrement passer quelques jours.

Il était issu d'une famille nombreuse. La visite chez l'un de ses frères était aussi l'occasion d'un tour par les Charentes une fois par an. C'est leur région d'origine qu'il retrouvait le temps d'un repas. De même, il rendait visite à un autre de ses frères, général en retraite qui avait dirigé l'Aérospatiale, dans une maison qu'il avait en Normandie. Ainsi parcourait-il le royaume de France de manière assez complète. La sœur du président ne lui donnait pas l'occasion d'honorer de sa présence une province, car elle habitait Paris. Mais nous voyions de temps en temps cette vieille dame très comme il faut à l'Élysée où elle venait dîner avec son frère. Elle détonnait parmi les femmes qui fréquentaient habituellement la maison, celles pour qui venir était déjà céder.

Tout le monde a assez vu François Mitterrand dans son rôle officiel pour savoir qu'il se tenait, en matière d'habillement, à un certain classicisme. En dehors de ses tenues officielles, de travail dirons-nous, il ne portait pas de cravate et affectionnait les tenues style Mao, bleues, avec une veste qui se boutonne jusqu'au col et un pantalon large de la même couleur. Il portait aussi volontiers une chemise à carreaux avec un pantalon de velours. C'était sa tenue décontractée. Quand il devait se rendre directement d'une représentation officielle à une réunion privée, il se faisait préparer une housse « décontractée » par son service privé. Dès qu'il le pouvait, il retirait sa cravate, « tombait » la veste, se débarrassait de ses Weston de prédilection sur mesure pour enfiler une paire de chaussures de curé. La tenue que je revois le plus nettement dans mon souvenir reste tout de même la tenue « Révolution culturelle ». Il en avait des dizaines. Il devait bien aussi avoir une centaine de costumes officiels. Il en a donné les trois quarts à Emmaüs en faisant ses bagages définitifs pour quitter l'Élysée en 1995. C'étaient des costumes tout neufs, d'une valeur d'au moins vingt mille francs chacun, que quelques petits veinards qui ont la carrure de François Mitterrand portent aujourd'hui sans savoir qui les avait eus sur le dos pour des réunions entre chefs d'État du monde. Il fit de même pour les chaussures. Toute question de goût mise à part, c'étaient des vêtements de belle qualité. Sans oublier le chapeau, bordé ou casquette, accompagné de la canne, qui à eux deux, en plus du chien, avaient rendu sa chute si gaie. Il avait une collection de cannes. Ce fut longtemps le cadeau habituel de son entourage lors des fêtes.

Baltique, la chienne du président, était un labrador noir. Un jour que nous étions à Latche et qu'une partie de la famille était sortie en promenade, nous nous fîmes surprendre par la pluie. Étaient présents madame (l'officielle puisque Latche était un lieu légitime), le beau-frère Roger Hanin et feu son épouse, Gilbert et quelques autres. Les premières gouttes étaient espacées mais le temps était à l'orage et, très vite, il se mit à pleuvoir comme le bras. La troupe présidentielle, toute pleine qu'elle était de son importance, se vit arrêtée dans sa tranquille progression sur les chemins souples des Landes par des trombes d'eau indifférentes aux hiérarchies humaines. La chance a tout de même voulu qu'une vieille bergerie landaise se trouve à proximité au moment où les gouttes commençaient à se resserrer, c'est-à-dire à tremper tout le monde. Une avancée du toit de ce bâtiment représentait une protection partielle. Je décidai cependant de ne pas laisser passer l'orage et de faire venir des voitures. Je les appelai par radio. Il y en avait toujours qui suivaient à distance respectable même quand le président était à pied.

Un premier 4 × 4 arriva dont j'ouvris la portière pour le président. Il monta. Les autres voitures mettaient un certain temps à venir parce que François Mitterrand n'aimait pas, surtout à Latche où il se considérait hors de danger, se savoir talonné en permanence par trois véhicules. Les deux autres étaient encore à cinq cents mètres environ. Dans la voiture du président, il n'y avait que le chauffeur et le président lui-même. J'ouvris la portière arrière et montai, ainsi que ma position l'exigeait, suivi de près, presque accompagné par un encombrement dans les jambes qui était la chienne du président. Celle-ci aimait aussi peu la pluie que son maître. Comme je laissai la portière ouverte (j'attendais tout de même que Mme Mitterrand monte, sans pouvoir de mon côté lui faire un signe qui pourrait passer pour une invitation indélicate) le président se tourna légèrement vers moi et me dit :

— Qu'est-ce que vous attendez ?

— On a encore de la place, lui répondis-je, et il pleut beaucoup maintenant...

Il demanda :

— Baltique est là ?

— Oui.

— Alors on peut y aller, ordonna-t-il.

La voiture démarra et disparut. Il restait deux places. Il fallait une bonne dose d'aplomb, celui du maître incontesté.

Le président adorait sa chienne et la surprotégeait. Les règles la concernant, édictées par son maître, étaient strictes : ne jamais la tenir en laisse, sous aucun prétexte, ne pas non plus lui mettre de collier, n'user d'aucune violence cela va sans dire, et par-dessus tout, le précepte phare sur lequel il insistait, son grand principe en matière d'éducation d'un chien (il préférait éducation à élevage) était qu'il fallait expliquer les choses plutôt que commander l'animal avec brutalité. Inutile de dire que le brevet d'éleveur lui aurait échappé. Inutile de dire aussi que ce chien, qui était au demeurant une brave bête, nous a extraordinairement irrités durant toutes ces années.

Le labrador étant connu à juste titre pour manger n'importe quoi et en n'importe quelle quantité, il fallait en plus veiller à la ligne de Baltique. Le président avait expressément recommandé qu'on ne lui donne que ses croquettes. Naturellement, aucun déplacement ne lui était interdit, et pour être exact, rien ne lui était interdit et ne pouvait l'être ; les cuisines pas plus que les canapés des salons et les sièges des voitures qui étaient pourtant souvent des 4 x 4 avec des coffres spacieux. En plus des poils qu'elle laissait, elle rayait le cuir des sièges de nos voitures.

Le président avait bien essayé de la faire éduquer par un de nos maîtres-chiens mais sans succès, malgré la grande compétence de nos spécialistes. Le terrain était gâté, elle n'a jamais obéi à personne. Évidemment, elle n'obéissait pas plus au président qu'à nous. Ça ne l'empêchait pas, parfois, de s'aventurer dans une démonstration de la marche à suivre. Il attirait notre attention :

— Regardez comment il faut faire, nous lançait-il.

Alors nous l'admirions œuvrer :

— Assis Baltique ! Baltique, je veux que tu t'assoies. Il réussissait quand même à ce qu'elle fixe son doigt tendu d'un regard vide de lueur mais très content, avec une vingtaine de centimètres de langue au-dessus de laquelle pointait la truffe humide du chien bien traité.

— Il va falloir que votre collègue s'en occupe encore parce qu'elle n'écoute plus, disait-il, un peu outré. Vous voyez bien qu'elle n'écoute plus !

Baltique était un modèle de tête de lard. Elle avait parfaitement compris son impunité, qu'il était strictement défendu de la corriger même quand elle avait raflé une dizaine de steaks dans la cuisine, nos steaks ! Comme en plus nous avions reçu pour instruction de ne pas être « directifs » avec elle (c'était le mot exact du président), nous étions dépassés.

Il faut se figurer que le président l'emmenait même au golf, ce qui est interdit pour tout autre, et qu'il fallait l'empêcher de gêner tout le monde, sans collier ni laisse et sans l'agripper non plus par la peau du cou. Ça faisait partie de ses éternelles et immanquables exigences contradictoires, car il n'aurait pas supporté non plus que la chienne le dérange dans son jeu ! Donc l'un de nous était préposé à Baltique, devait la maîtriser alors qu'elle se tordait comme un ver pour aller dans les jambes de tout le monde et attraper des balles, et qui naturellement lui envoyait deux ou trois bonnes taloches quand le patron tournait le dos. Ça ne servait pas à grand-chose mais ça passait les nerfs.

Nous avions cette seule chance qu'elle ne couinât pas sous nos petites corrections. Je peux dire sans exagérer que, toute sympathique qu'elle fût, cette chienne nous a exaspérés. Avec parfois l'impression, due à l'extrême agacement, qu'elle nous narguait.

À plusieurs reprises Baltique s'est échappée de l'Élysée. À chaque tentative, c'était le branle-bas de combat. Une fois, elle a réussi à s'enfuir parce que les gardes républicains avaient laissé ouvert le portail de l'Élysée plus longtemps que prévu. Jusqu'à ce qu'elle soit retrouvée, la vie s'est arrêtée au palais. Le président s'en est malheureusement aperçu et il a très mal réagi. On l'a vu se fâcher. Il n'avait pas du tout l'air de se rendre compte qu'il n'y avait aucun moyen de contrôler le chien le plus mal élevé de France sans pouvoir l'attacher ni lui envoyer un coup de pied. Les critiques ce jour-là ont été sévères. En parlant des gardes républicains :

— Ils ne font pas leur travail. Comment ont-ils pu faire une telle erreur ? Etc.

C'était complètement disproportionné, mais il était furieux et inquiet. Il n'est pas allé jusqu'à convoquer le commandant de la garde pour obtenir des sanctions, ce n'était pas son genre. On est forcément empoisonné de sentir cette stupide épée de Damoclès sur la tête. D'autant plus qu'elle le suivait partout. Que pouvions-nous faire, par exemple, avec sa totale indépendance, quand à Latche elle allait au chalet des gendarmes pour s'ébattre et se gaver dans leurs poubelles ?

Je suis sûr que par moments cet animal prenait le pas sur certains êtres humains. Et ça n'a pas laissé de m'étonner de la part du personnage François Mitterrand, qui n'était peut-être naïf qu'envers lui-même. Il devait s'agir de cette déception relativement courante des hommes envers leur propre race, ce désenchantement assez vulgaire de ceux qui ne savent pas percevoir qu'il ne les renvoie qu'à eux-mêmes. J'ai entendu des remarques comme celle-ci :

— Vous voyez comme un chien est fidèle ! Il ne vous trahit jamais…

Étaient-ce des allusions ? J'étais plutôt consterné. À ce chien, en tout cas, il est resté fidèle jusqu'à sa mort. Pourquoi est-ce qu'un chien ne serait pas tout simplement fidèle parce qu'on l'est avec lui ? Ainsi ceux qui n'ont été fidèles qu'à leur chien ne connaissent que la fidélité d'un chien.

Quand François Mitterrand est mort, c'est un de mes collègues du GSPR qui a emmené Baltique. Un de ceux qui avaient choisi de le suivre après 1995. Aux dernières nouvelles elle était toujours avec lui.

17

Les séjours du président, où que ce soit, même à l'étranger, n'excédaient jamais quatre ou cinq jours. Même à Latche. En arrivant à Latche, il déclenchait comme un disque automatique sur l'importance exagérée du dispositif jalonnant son parcours. Nous y allions toujours en avion, quittant Paris de l'aéroport de Villacoublay pour nous poser à Biarritz. De là, le trajet se faisait en général en voiture, et c'est depuis la sortie de l'autoroute jusqu'à la maison que le dispositif était installé, tout le long du chemin. Latche est tout proche du pays basque, considéré à juste titre comme une zone à risque. À chaque carrefour se trouvait un gendarme. Il le remarquait et nous faisait plusieurs fois la réflexion, alors que nous roulions, que « tout ce monde n'était pas nécessaire ». C'était sans grande conviction apparente, jusqu'au jour où nous fîmes le trajet sous la pluie et où il vit sur le bord de la route un gendarme en faction complètement trempé et sans aucune protection. Ça nous a valu l'une de ses belles colères. Il partit dans un de ses monologues emportés, dans le fond de sa voiture, ponctué de : « C'est inadmissible ! » Il est vrai que notre pauvre collègue faisait peine à voir. C'est le souvenir de son image qui poussa François Mitterrand à exiger auprès du commandement que tout le dispositif de jalonnement disparaisse. Il m'avait chargé de transmettre sa plainte à ma hiérarchie. Je ne pouvais pas passer outre. Le commandement en prit acte mais ne changea rien à son dispositif, si ce n'est qu'il décida de tromper le président en dissimulant les « jalons » une vingtaine de mètres en retrait de la route, cachés derrière des arbres. N'est-ce pas digne d'un film comique dans la meilleure tradition ? Mais nous y fûmes forcés.

De la même manière, François Mitterrand était indigné, quand nous quittions l'Élysée pour l'aéroport, de voir l'importance du déploiement sur son passage. Cependant il omettait de faire le rapprochement avec les sanctions qui n'auraient pas manqué de s'abattre sur les responsables en cas d'incident. Sanctions dont il aurait été lui-même l'instigateur. Ainsi n'aurait-il certainement pas gardé son calme si des moutons ou un tracteur lui avaient ralenti l'arrivée à Latche. Innocemment, il aurait demandé, réprobateur, comment il était possible que personne ne soit là pour éviter ces embêtements, et ce que c'était que ce travail... Il n'était pas à une contradiction près. Ça faisait aussi partie de son charme. Pour nous, outre les reproches, cela nous valut de bonnes parties de rigolade.

À l'étranger, François Mitterrand se plaisait particulièrement à Venise. C'était un voyage qu'il faisait avec la famille clandestine (je me permets d'employer plusieurs fois ce terme parce qu'il était parfaitement vrai à l'époque et surtout parce qu'il ne l'est plus aujourd'hui). Il s'installait chez Paul Guimard, un homme d'une grande discrétion, qu'on voyait et dont on parlait peu mais qui était assez présent dans sa vie. Il avait un appartement sur le Grand Canal. À Venise, François Mitterrand se promenait très tranquillement. Il y avait de quoi faire. Je l'ai accompagné plusieurs fois. Il aimait prendre un verre place Saint-Marc. Chez le même homme, tout à fait inconnu du grand public, il était aussi reçu dans une maison du sud-ouest de l'Irlande.

Les vacances de Noël appartenaient à Mazarine. Presque chaque année, son père l'emmenait à l'étranger, souvent en Égypte où il était l'invité personnel du président Moubarak. Un certain nombre d'infrastructures étaient mises à sa disposition, malgré le caractère privé de sa présence, et rendaient son séjour extrêmement agréable. À la même période, il pouvait aussi aller en Espagne, invité par Felipe Gonzales qui lui prêtait une résidence en Andalousie. En hiver, je l'ai également suivi en Grèce. La même chose est pratiquée en France pour les chefs d'État étrangers. Abdou Diouf, entre autres, s'est trouvé très bien à Souzy-la-Briche.

Durant ces voyages, tout était offert au président et à son entourage. Personne ne sortait un centime de sa poche. C'était à nous de payer, et les fonds secrets servaient à nous rembourser. Il m'est arrivé d'aller les chercher personnellement à la Banque de France. Là-dessus, je dois préciser que les fonds secrets, dont on a tant parlé sous le gouvernement de Lionel Jospin, sont obligatoires pour les services secrets. Il est hors de question que l'on puisse retracer nos activités par un contrôle des dépenses. À l'époque, nous fonctionnions beaucoup avec l'argent liquide de ces fonds et nous n'avions de comptabilité qu'auprès de l'Élysée, sans jamais rendre le moindre compte aux responsables de la gendarmerie. Une partie de cet argent était versée au personnel de l'Élysée sous forme de prime de cabinet. Tout le monde en bénéficiait, des chauffeurs aux plus hauts fonctionnaires, mais tout le monde n'avait pas la même enveloppe. Le chauffeur touchait 1 500 francs par mois. Ces primes en liquide échappaient à l'impôt auquel le reste de la France est assujetti. Dans le cas des conseillers techniques du président, elles pouvaient atteindre des sommes assez coquettes en pur argent de poche.

Je pense que marcher était pour François Mitterrand une activité quasi mystique. Elle en prenait la dimension, vague quant à ce qu'elle embrasse mais certaine quant à l'intention, dans l'ascension de la roche de Solutré. C'était une petite marche d'une heure qu'il avait érigée en pèlerinage païen. Au départ, c'était un pèlerinage tout personnel, et même quand il est devenu impératif pour paraître bien en cour d'en être, il continuait à marcher seul et les caudataires suivaient à bonne distance. Il se recueillait un moment au sommet, cherchant sans doute à ressentir quelque chose comme son appartenance au Grand Tout. Le rendez-vous était devenu si attendu qu'une année il décida d'escalader une autre roche similaire pour éviter la foule massée sur son passage. Ce jour-là, il voulait absolument être seul avec sa chienne et son bâton. Même nous, il aurait aimé que nous restions loin. Solutré est proche de Cluny et il y passait traditionnellement la nuit, dans la maison des Gouze-Rénal.

La lecture aussi était une activité majeure, celle d'une vie entière. Lecture et marche (que le prétexte soit le golf, Venise, les arbres de Latche, Solutré...) résument presque les occupations de sa longue existence. Ce sont celles en tout cas où il semblait se retrouver le mieux, où il paraissait le plus heureux. Les femmes l'ont énormément occupé mais c'était davantage un combat d'orgueil. Comme son orgueil était grand, son besoin était en proportion, puisque son goût l'inclinait aussi naturellement vers elles. François Mitterrand était un solitaire et je crois qu'il était au comble de la solitude recherchée en marchant et en lisant.

Je l'ai beaucoup vu lire. Il s'allongeait de préférence. Nous n'avons jamais parlé de livres ensemble ; il aurait perdu son temps. Mais je devinais sa révérence pour les auteurs, ceux qui l'avaient transporté, et qui sont à peu près les seuls hommes sur terre, morts ou vivants, qu'il ait jamais admirés. Je pense qu'à l'époque où je l'ai connu il relisait déjà beaucoup. Il était aussi à un âge où on a fait le tri et où l'on ne consent plus à fixer son attention partout, mais seulement sur quelques-uns, choisis ou qui se sont imposés, comme des amis. Dès qu'il avait une heure de libre, il lisait. S'il n'avait pas de discours à préparer dans l'avion et si le vol durait à peine une heure il prenait un livre. Je le regardais souvent, d'abord par devoir mais aussi par curiosité. Je ne prétendais pas parcourir les méandres de son esprit mais j'aimais regarder l'homme. Il est passionnant de contempler celui qui s'est imposé aux autres par sa seule force et qui maintient parmi eux sa suprématie de fer. Mieux, je pouvais m'y livrer à loisir.

Il croyait à l'esprit, et il puisait à l'esprit dans les livres. Il lisait très lentement. Du moins d'après moi qui vais d'un trait. J'avais l'impression qu'il se concentrait beaucoup et qu'il pesait ce qu'il lisait, qu'il faisait comme une étude de texte à chaque page, comme si l'auteur qu'il avait choisi (et ça n'étonnerait personne) avait la même propension que lui à laisser quelque chose de caché dans tout ce qu'il laissait paraître. À moins qu'il ne prêtât à tout homme qu'il estimait sa propre déformation, cette tendance aux détours et à l'ambiguïté, et qu'il ne fît de même pour l'auteur sur l'ouvrage duquel il penchait son masque.

Dans cette veine de l'ambivalence qu'il creusait, François Mitterrand était visiblement agacé par les courtisans, tout en entretenant une ambiance de cour sans équivoque. Toute cour est forcément le reflet de son monarque et les qualités qui s'y déploient le produit de ses vœux, de ses faveurs, de ses contre-pieds, de son désir en général. Une cour n'est pas un mal quand elle est brillante, gaie, insolente, courageuse et fière. Elle devient un fléau quand elle est servile, craintive, courbée, grimaçante, hypocrite et avide comme l'était celle du président. C'est à mon sens là qu'apparaissent le plus évidemment ses limites d'homme d'État. François Mitterrand a dû se contenter sur son entourage d'une tyrannie qui n'enflammait pas. Je le voyais très agacé par le défaut de franchise, chose qu'il maîtrisait, mais il s'amusait de la bassesse et de la flatterie. Elles devaient confirmer sa vision bien sombre de la nature humaine. Nature humaine qu'il n'a, semble-t-il, pas cherché à éclairer sous un autre jour. Je n'assistais pas aux conseils des ministres, mais je n'ai jamais vu un ministre ne pas abonder dans son sens. Dans la discussion courante, comme je l'ai assez montré, il avait raison en tout, quoi qu'il dise. J'ai souvent été pris de vertige en songeant à l'homme qu'il faut être pour vivre de la sorte. Hors du dernier cercle de l'intimité, nous étions les seuls à lui faire sentir un peu le vent de la liberté personnelle. Ça ne lui déplaisait pas, bien qu'il n'ait jamais combattu autrement que par une pique humiliante les professionnels du cirage à tous crins, ceux qu'il n'est plus besoin d'humilier. C'est peut-être aussi cette atmosphère qui a tué quelqu'un comme François de Grossouvre.

Tout ce que disait François Mitterrand, tout ce qu'il faisait avait un sens. Entre autres maîtrises, il choisissait avec beaucoup de sûreté la remarque acerbe pour vexer quelqu'un. Souvent en laissant un doute sur le sens de son épigramme. Et le nombre de ceux qui réagirent à son ironie, voire à sa cruauté, en se détournant de lui est quasiment nul. Pour arriver à un poste de ministre, qui est l'horizon merveilleux de bon nombre d'hommes politiques, la plupart ont, au moins une fois, sacrifié leur dignité. Alors, que représente une blessure infligée par le pouvoir lui-même quand le retour à la circonscription équivaut à la menace du retour à la circulation chez un gendarme ? Surtout quand l'homme politique peut se rattraper par une magnifique arrogance envers tout le reste de ses concitoyens...

Avec Bernard Tapie, il y eut quelque chose d'étrange. Le lien entre les deux hommes était évident. Ils n'ont jamais été ce qu'on peut appeler amis, ni même assez intimes sur certains sujets pour que l'on ait pu voir Bernard Tapie s'entretenir seul à seul avec le président, à l'Élysée ou ailleurs. C'était autre chose. Les rares fois où nous avons vu l'homme d'affaires, c'était à l'Élysée, le plus officiellement du monde en tant que ministre. L'affinité existait pourtant, et c'était peut-être celle d'une ressemblance. François Mitterrand avait reconnu, en plus rustre que lui, l'un des siens.

Pour commencer, Bernard Tapie avait fait rêver pas mal de gens (tout le monde n'a pas des rêves de grandeur) par l'espèce de conte de fées que sa réussite avait représenté pendant quelques années, parachevée par l'éclatante renaissance de l'OM. Joueur de football moi-même, et provençal, je ne pouvais m'empêcher d'avoir de la sympathie pour cette facette du personnage. C'est pour cela qu'un jour je lui ai facilité une rencontre avec le président.

C'était le 14 juillet et Bernard Tapie avait été invité avec sa femme à la garden-party de l'Élysée. Il est venu seul. C'était l'époque où il commençait à être rudement accablé par les revers et les retours de la fortune. Je l'ai vu et, séduit par l'épopée provençale, ma faiblesse pour le sport et pour mon pays s'est reportée sur l'homme qui avait été providentiel et je m'approchai de lui pour le conduire dans un salon adjacent, peu fréquenté, lieu favorable à un entretien discret avec François Mitterrand. Je lui dis d'attendre à cet endroit et qu'il pourrait bientôt voir le président. Parut le grand homme, sur les marches supérieures d'un escalier qui le conduisit majestueusement indifférent au cœur de la cour. Je le connaissais, il était enchanté des remous et des brusques paralysies que son apparition provoquait. Je sais qu'il se serait offusqué de ce qu'une conversation se poursuive normalement malgré sa venue. Si l'on attendait quelque chose de sa part, il y avait intérêt à tout laisser tomber. Une fois descendu, il dit bonjour autour de lui en serrant quelques mains. Il arriva où je savais qu'il devait passer, à la hauteur de Bernard Tapie avec lequel il eut un aparté. J'ai pu entendre quelques phrases. Le président lui a demandé comment ça allait. Il a répondu :

— Pas bien, monsieur le président... On s'acharne sur nous...

Ils échangèrent encore quelques mots, puis le président lui fit comprendre que l'entretien ne pouvait pas durer. Il lui dit :

— Au revoir, monsieur Tapie, et surtout ne changez pas.

Qu'est-ce que ça pouvait bien vouloir dire ? Comment le président pouvait-il, au moment où cet homme était mis en cause dans de multiples affaires, destiné à être plus tard jugé et mis en prison, donc un homme coupable, comment le président pouvait-il apporter ainsi sa caution ? Mais comme d'habitude François Mitterrand s'était bien gardé d'être clair. Il voulait sûrement dire :

— Restez combatif, ne vous laissez pas abattre. Restez l'homme populaire et dérangeant que vous êtes. Les épreuves renforcent. J'en sais quelque chose.

En effet nul ne s'est extirpé de situations embarrassantes comme François Mitterrand. Patience et longueur de temps... Quand on pense que l'auteur avéré de l'attentat bidon de l'Observatoire sur lui-même a fini par devenir président de la République, tous les espoirs sont permis. Je pense que c'est ce que François Mitterrand a voulu dire à Bernard Tapie. Ce n'était pas l'adoubement d'un futur président, même si François Mitterrand, que je soupçonne d'avoir été homme à penser « après moi le déluge », pouvait se réjouir à l'avance de l'éventualité d'une situation aussi grotesque. En même temps c'était un dialogue de sourds, chose dont les deux hommes étaient spécialistes, le plus vieux en maître incontesté. Avec cinquante ans de métier, on ne le surprenait pas à dire quelque chose de compromettant. Qui n'a pas remarqué que François Mitterrand était sans rival dans l'art de parler pour ne rien dire, et que Bernard Tapie maîtrise également bien la chose, aidé par un élan sans retenue qui boursoufle le vide et le cache ?

Comme moi, le président devait aussi être sensible à l'épopée marseillaise. Il était amateur de football, et regardait tous les matches de l'équipe de France. Malheureusement pour lui, elle n'a pas brillé tout le long de son second septennat. Il en éprouvait une sincère déception et je regrette, pour la grande réjouissance qu'il en eût éprouvée, qu'il ait manqué la coupe du monde de 1998. Il était mort depuis deux ans. Le premier journal que le président ouvrait le matin, parmi toute la presse que nous lui apportions en général dans la voiture, c'était *L'Équipe*. De temps en temps, il commentait brièvement une victoire qui le mettait en verve. La journée démarrait mieux quand la France avait gagné. C'était la même chose pour nous.

Pour en terminer avec Bernard Tapie, je crois que François Mitterrand aimait les francs-tireurs. Encore un paradoxe, quand on voit la façon dont il contrôlait et faisait trembler sa cour. Les hommes déterminés, pour ne pas dire sans scrupule, lui plaisaient. En quelque sorte, toute considération de culture et de subtilité mise à part, Bernard Tapie était un homme de son espèce. François Mitterrand, même s'il avait su s'intégrer à une famille politique dont il avait pris la tête pour se propulser, était un homme qui n'avait jamais roulé, comme Tapie, que pour lui-même. Aujourd'hui que Bernard Tapie est devenu animateur d'une émission de télévision sur TF1, on peut assister tous les quinze jours à l'hommage très divertissant qu'il rend au président défunt, consciemment ou pas, en reproduisant ses attitudes et ses gestes, comme un enfant superstitieux.

18

J'ai pu voir à peu près tous les chefs des plus grands pays de la planète. Malgré le petit nombre d'années qui me séparent de cette époque, peu sont restés à leur place aujourd'hui. Je me trouvais à un poste d'observation idéal, toujours présent, au plus proche du président et de ses homologues, avec pour seul prétexte une surveillance discrète.

L'un des lieux de pouvoir qui m'a le plus frappé dans le monde est la Maison Blanche. Lors d'une de nos visites, mes camarades et moi nous couvrîmes de honte. C'était un soir de grande réception, un grand tralala à l'américaine, où toutes les femmes portaient des robes longues et les hommes des smokings. Sauf nous ! Les Américains, contrairement aux Français, ont conservé une tradition de stricte élégance dans certaines circonstances. Nous étions absolument les seuls dans cette immense réception, dans ces bâtiments extrêmement luxueux, à porter nos costumes courants. La comparaison avec les autres services secrets était cuisante par nous, et parmi eux surtout avec les Américains qui arboraient tous avec leur smoking une large ceinture de soie rouge d'un bel effet. Nous étions les minables de la fête. Nous sommes suffisamment fiers pour supporter une différence mais nous sommes aussi très jaloux du prestige de la France et le moins qu'on puisse dire c'est que ce soir-là nous n'y avons pas contribué.

Chacun des Interlocuteurs Privilégiés avait un secteur géographique de prédilection. Comme je parle l'anglais couramment, j'étais affecté aux pays anglo-saxons, à l'Europe en général et souvent à l'Asie. Je ne suis par exemple presque jamais allé à l'Est. Pour un voyage à l'étranger de quatre ou cinq jours, nous nous occupions de la préparation sur place pendant trois à quatre semaines. Nous étions logés dans de grands hôtels. Le travail était considérable. J'ai dit le temps de préparation qu'exigeait une visite d'un quart d'heure du président dans un musée.

Il n'était pas question pour nous de confier la sécurité du président aux services étrangers, si bonne fût leur réputation comme celle des Américains. Peut-être cela ne se fait-il plus aujourd'hui comme dans les années 1990, mais notre principe était d'assurer la sécurité de la même manière à l'étranger qu'en France. Les pays visités devaient donc nous laisser travailler comme nous l'entendions. Nos relations avec la plupart d'entre eux étaient excellentes, même empreintes de courtoisie. Je pense que notre sérieux nous valait le respect. Il y avait malgré tout des exceptions, et je n'étonnerai pas grand monde en disant qu'il y avait des pays avec lesquels nous étions toujours en délicatesse, et encore moins en dévoilant que c'est la Grande-Bretagne qui nous fit le plus de difficultés.

Les Anglais prétendaient ne pas aimer nous voir trop nombreux et trop armés sur leur territoire. Comme si nous étions des terroristes. Je pense qu'ils n'aimaient pas nous voir du tout, et ils ne le contrediraient pas. Leur mauvaise volonté était exécrable. Elle allait jusqu'à l'acrimonie et, comme je vais le raconter, au coup monté. Nous étions toujours forcés de faire les choses illégalement pour les faire bien. Car il était hors de question de se voir imposer la notion anglaise de la sécurité pour notre président. Pour commencer, les

Anglais n'autorisaient que trois personnes armées. Le reste des gardes devait être en touristes. Cela n'entre dans aucune logique. Ni une ni deux, peu avant le séjour projeté, nous passions clandestinement des sacoches pleines d'armes.

Comme nous prenions les vols d'Air France, nous n'avions de souci qu'à l'arrivée. Une fois à Londres, il fallait passer au contrôle d'immigration et à la douane, et prétendre, avec notre air le plus courtois, ne rien avoir à déclarer. Ça allait tout seul. On passait ainsi avec une bonne vingtaine de pistolets et de revolvers de différents calibres. Au retour, nous avions l'habitude de confier les armes à quelqu'un qui repartait par l'avion présidentiel, objet d'aucun contrôle. Nos visites en Angleterre furent naturellement émaillées d'incidents. La plupart du temps, ils étaient minimes. Comme cette fois où l'un de nos collègues fut interpellé par la police anglaise à Buckingham Palace. Il avait été repéré à cause de son arme. Ils l'ont arrêté et embarqué sans traîner. Je crois qu'ils sont doublement efficaces lorsqu'ils mettent la main sur un Français. La suite se règle entre les ambassades.

Mais les incidents peuvent être beaucoup plus graves. Et j'en viens à une affaire assez incroyable dont on avait un peu parlé à l'époque en France. Nous étions en voyage officiel chez eux et les Anglais cherchaient par tous les moyens à nous empêcher de travailler. Entraves perpétuelles, complications, ralentissements, c'étaient leurs maîtres mots. De manière générale, ils tentaient de nous bloquer systématiquement tous les accès. C'était une bataille acharnée de nos services contre les leurs pour imposer que trois hommes inspectent à l'avance tous les lieux où le président devait passer, que ces hommes se prépositionnent et que quatre autres, au minimum, suivent le président en permanence. L'un d'entre eux (c'était moi) devait aussi pouvoir le suivre au cœur même du dispositif, par exemple à la porte du salon de Buckingham Palace où il devait s'entretenir avec la reine. En fait, ils prenaient ombrage de tous nos actes, s'imaginant sûrement que nous exagérions pour leur faire affront. Ils ne cherchaient même pas à comprendre que nos principes étaient rigides et qu'il n'y avait aucune raison, sous prétexte que nous étions en Angleterre et que leurs principes étaient autres, que nous y dérogions. Je tiens à spécifier que la conception anglaise de la sécurité est mauvaise. Il suffit de considérer les problèmes gravissimes qu'ils rencontrent avec l'IRA depuis si longtemps et dont ils n'arrivent absolument pas à se dépêtrer. C'est une situation absurde. Les attentats et les alertes à la bombe sont si courants qu'ils font partie du quotidien des Anglais. C'est un excellent exercice d'entraînement pour leur fameux flegme, mais le prix me paraît élevé. Beaucoup disent que Scotland Yard est une des meilleures polices du monde mais c'est à mon sens l'œuvre d'une réputation dont les origines sont lointaines. Je crois que la conception sécuritaire anglaise est erronée dans ses fondements. Lorsque la reine ou le Premier ministre vient en France, il est confié intégralement, abandonné dirai-je, aux services français. Un seul agent anglais l'accompagne. C'est pour cette raison qu'ils considèrent que nous devons agir de même.

Peut-être dois-je préciser ce qu'est la conception anglaise de la sécurité. Pour ne rien omettre, c'est la même que celle du Canada, autre pays infiniment vétilleur. Dans ces pays, la sécurité n'est pas un concept « physique », elle repose presque essentiellement sur le renseignement. Il est vrai que l'anticipation est importante, et qu'il faut impérativement du renseignement, mais si l'on s'en contente, beaucoup de choses échappent, restent obscures ou sont simplement mal interprétées. Nous considérons, en France, qu'il y a un certain nombre de dispositions d'ordre matériel à prendre, ne serait-ce que la protection physique immédiate, les stationnements, les itinéraires, pour choisir des exemples simples. Ce sont des mesures que les services anglo-canadiens ne prennent pas, ils considèrent qu'ils seront forcément au courant. Et c'est ainsi que put être assassiné lord Mountbatten. Cette preuve criante de leur faille n'a rien remis en question. Rappelons d'ailleurs que la plupart des terroristes du 11 septembre 2001 venaient du Canada.

Comme nous n'étions pas des saints, nous ne faisions pas grand-chose de notre côté pour faciliter la tâche aux Anglais. Lors des voyages officiels du président nous interdisions autant que possible l'accès de l'ambassade de France aux agents britanniques. La logique aurait certes voulu que nous utilisions les infrastructures du pays mais nous ne voulions pas d'Anglais chez nous (je crois qu'il est bon que je dise que j'ai épousé une Anglaise !). Pourtant, et particulièrement en matière de déminage, nous étions contraints d'accepter la présence de quelques Anglais pour sécuriser le bâtiment. C'était surtout une question de matériel, trop lourd pour que nous puissions l'apporter, et d'importance du travail à accomplir. C'est dans ce contexte que survint un incident qui fit des vagues.

Lors d'un voyage, nous avions demandé, en plus de l'équipe de déminage anglaise, à pouvoir faire venir un de nos chiens avec un démineur de chez nous. C'était une requête exceptionnelle, et uniquement pour la résidence de l'ambassadeur. Le chien français avait pu arriver à Londres grâce à une procédure spéciale. Son maître et lui commencèrent à travailler à l'ambassade aux côtés de la Bomb Squad anglaise. Quand un chien démine, il recherche l'une des trois odeurs qui lui ont été apprises et qui composent pratiquement tous les explosifs connus au monde. S'il sent quelque chose, il marque l'arrêt. On ne fait jamais travailler un chien trop longtemps pour ne pas le décourager. En général, il ne travaille pas plus d'un quart d'heure d'affilée, au bout duquel il faut qu'il finisse par trouver quelque chose. C'est pourquoi le maître-chien démineur a toujours dans sa mallette un morceau d'explosif, généralement du plastic, qu'il cache après que le chien a déjà travaillé plusieurs minutes en vain. Le chien finit par trouver ce morceau et il est content de son travail. Cette méthode est employée dans le monde entier. C'est une procédure extrêmement courante que les Anglais seraient bien les seuls à ignorer, comme pourrait le laisser croire l'extravagance de la suite.

Les Anglais de la Bomb Squad assistaient au travail de notre chien et semblaient s'intéresser de très près à ce que faisait le démineur avec le plastic. Ils s'y intéressaient à vrai dire beaucoup plus qu'ils ne l'auraient dû pour un geste aussi ordinaire de leur métier. Les connaissant, nous commencions à entrevoir quelque chose de louche. Nous fûmes rapidement éclairés : les Anglais eurent l'audace inouïe, et devant la presse de surcroît, d'affirmer que nous avions essayé de les piéger en important illégalement des explosifs que nous avions dissimulés à l'Ambassade de France. Nous avions l'intention hostile de faire croire qu'ils exécutaient mal leur travail. Ça montre à merveille l'atmosphère insulaire.

Cette histoire est extrêmement comique dans un sens mais elle a provoqué ce qu'il faut bien appeler une affaire d'État. Plusieurs députés de la Chambre des lords (l'affaire n'a pas tardé à y atterrir) se sont emportés et, ridiculement outrés contre toute leur bienséance, ont demandé que le président français rentre chez lui. N'est-ce pas réjouissant de bêtise ? François Mitterrand s'est contenté d'un sourire moqueur. Je crois que ça l'a beaucoup diverti. Les diplomates ont fini par régler cet incident qui tenait de la pantalonnade mais qui avait tout de même été poussé par nos sympathiques confrères jusqu'à l'arrestation de notre démineur le lendemain, dans l'hôtel même où séjournait toute la délégation française. Sur le moment, l'affaire fit du bruit, d'autant plus qu'ils étaient venus en force. Je n'ai rien vu de plus tordu de toute ma carrière. Quant à nos chicanes envers les Anglais, je dois rappeler qu'elles ne sont jamais allées jusqu'à les mettre en cause.

Les Américains adoptaient l'attitude opposée. Ils mettraient un bombardier à notre disposition si nous le leur demandions. J'ai pu voir à quel point ils étaient coopératifs et aimables lors du sommet Bush-Mitterrand de l'île de Saint-Martin. La rencontre avait lieu dans un hôtel appelé Habitation de Longvilliers, sur la partie française de l'île. Les services secrets américains nous avaient demandé de faire installer des batteries antiaériennes sur les collines qui entourent et surplombent la baie au creux de laquelle les chefs d'État devaient se voir. La France leur a donné satisfaction. Par ailleurs, ils souhaitaient une protection sur mer. En cela ils avaient raison, d'autant plus qu'un bateau aurait été un moyen de fuite supplémentaire étant donné notre position, dans le cul-de-sac du fond d'une anse. Malheureusement, nous n'en avions pas les moyens. Tout en leur expliquant que nous n'étions pas en mesure de les satisfaire en mouillant un navire de guerre dont nous ne disposions pas, nous leur dîmes sur le ton de la plaisanterie :

— Si par hasard vous avez un porte-avions qui croise dans le coin vous pourriez peut-être le détourner de sa route pour l'ancrer au large de la baie ! Ça servirait à tout le monde...

Sitôt dit, sitôt fait. Les Américains ont fait venir leur porte-avions le plus proche, qui était tout de même plus loin que quelques encablures. Un porte-avions est exactement ce qu'il y a de plus gigantesque, de plus cher, de plus rare aussi dans l'ordre du matériel militaire. Bref, c'est l'Amérique. Nous n'avons jamais eu qu'à louer les Américains dans nos collaborations avec leurs services.

19

La grande escapade, l'équipée, la fugue sensationnelle se préparait secrètement durant l'un de ces sommets internationaux qui sont des sommets d'ennui. Nous étions en 1992. C'était le mois de juin, à Lisbonne, et ce mois était digne de l'idée qu'on s'en fait dans un pays du Sud. Le temps était splendide, ce temps dont l'apparence immuable rajoute à l'ennui quand celui-ci domine. L'espoir du soleil étant comblé, notre immobilité assurée pour de longues journées de palabres de nos chefs d'État, les idées sont à la mollesse, vagues, un peu pesantes.

Pour ces réunions, les discussions ont lieu dans des espèces de bunkers cernés par la police et par l'armée. La sécurité est donc assurée de façon satisfaisante. Nous n'avions pas grand-chose à faire. Les effectifs engagés étaient réduits de moitié. Au lieu de débarquer à près de trente, nous avions une équipe pour la sécurité de la résidence, une pour suivre le président et une troisième équipe volante qui le précédait partout où il devait aller. Ça représentait moins d'une quinzaine d'hommes. Ce sommet portugais durerait deux jours. On passait nos journées à attendre, en discutant de choses et d'autres avec les types des services étrangers. Les journées étaient rythmées par les repas, et il n'y a pas meilleure preuve d'un ennui accablant. En principe, deux jours devraient passer vite, et pourtant ce furent les plus interminables de ma carrière. Ça traînait d'une façon presque étrange. Je ne saurai pas l'expliquer clairement mais il y avait dans l'air comme quelque chose de languissant, de suspendu, comme cette espèce d'immobilité perçue par certains avant de grands événements. Une paralysie du temps où l'air se fait bizarrement conducteur de vibrations. Je me suis toujours dit que ça devait être l'atmosphère qui précède l'entrée en guerre.

J'exprime peut-être ces impressions aujourd'hui parce que je parle *a posteriori* et que j'ai pu remâcher mes souvenirs, mais je crois avoir éprouvé un pressentiment. Il faut dire aussi qu'en tant qu'Interlocuteur Privilégié j'étais en contact direct avec l'aide de camp du président, et qu'il était visiblement préoccupé. Sur ces sensations que l'abattement général avivait, où une pointe de gaieté, je le note au passage, est plus sinistre que tout, j'appris que le président ne rentrerait probablement pas directement à Paris. Je savais ce que voulait dire ce genre de probabilité : il était déjà décidé, et certain, que le président ferait un détour par quelque part.

Entre le Portugal et Paris, je m'imaginais que le président voulait faire une halte à Latche. Enfin, le sommet se termina pour nous par une conférence de presse de François Mitterrand. J'étais là et son attitude me confirma dans mon idée qu'il préparait un coup fourré. Je commençais à bien le connaître, et malgré la haute maîtrise qu'il avait de son expression, j'avais appris à percevoir l'air derrière lequel il cachait quelque chose. Juin était une bonne saison pour un séjour à Latche, mes camarades et moi ne pouvions rien envisager d'autre. Mais son air était d'un tour plus malicieux que celui de quelqu'un qui va tout bonnement se reposer à la campagne. À l'aéroport de Lisbonne, le président n'avait toujours rien dit. Nous voulions tous rejoindre notre cher vieux pays. Il est monté, toujours aussi silencieux sur ses intentions, dans son Falcon 900 du Glam. Très peu de temps avant le départ, son aide de camp est venu me voir pour m'annoncer que la composition des avions avait été changée. La sécurité allait avoir quatre places dans l'avion du président, ce qui était plus qu'à l'accoutumée dans cet appareil. Il y en aurait trois pour les gendarmes et une pour un policier qui nous accompagnait, l'un de ces représentants de la police qui avaient été intégrés au GSPR. Ils n'étaient pas entraînés avec nous et n'avaient donc pas nos qualifications mais je dois reconnaître qu'ils étaient présentables (rien à voir avec les touristes que nous avions découverts au début de la magistrature de François Mitterrand) et qu'ils nous étaient bien utiles en certaines occasions, notamment pour les problèmes de circulation dans Paris. Ils semblaient également s'y connaître en matière d'armes.

Ceux qui allaient partir étaient l'aide de camp du président (ce n'était pas celui qui avait été harcelé à Oslo), l'officier de gendarmerie, mon supérieur, responsable de l'ensemble de la sécurité dans chaque voyage, et un de mes compagnons gendarme. Rapidement nous avons fait transborder les bagages du président, composés de sa malle à costumes et de plusieurs valises. À bord, avec François Mitterrand, j'ai retrouvé le docteur Gubler, une journaliste de l'AFP et un photographe de *Paris Match*. Les deux derniers à monter furent Bernard Kouchner et un agent de sécurité. C'est à ce moment que j'ai compris qu'il ne pouvait plus s'agir de prendre le thé dans les Landes.

Bernard Kouchner était un homme dont on entendait pas mal parler mais qu'on ne voyait jamais en dehors du conseil des ministres. Le président n'entretenait aucune relation particulière avec lui. Il y avait donc bien quelque chose de nouveau. Le temps de réfléchir à tout cela, l'avion décollait. Le président était dans sa partie réservée au fond du Falcon. Il était avec Bernard Kouchner et tous les deux s'entretenaient intensément. L'intensité est une spécialité manifeste de Bernard Kouchner et le président écoutait.

De notre côté, nous étions déroutés. Tout ce que nous pouvions faire, c'était informer Paris que nous quittions Lisbonne pour une destination inconnue. À court d'information, nous avons évoqué la possibilité d'un passage à Latche pour étoffer notre communiqué. Au bout d'un court moment de vol, je vis passer le président dans la travée de l'avion pour se rendre à la cabine de pilotage. Il y resta un instant à discuter avec les deux colonels de l'armée de l'air qui l'occupaient. Puis il en ressortit. Il était au mieux, vif et serein.

En passant dans le couloir d'un avion il avait l'habitude de s'arrêter à la hauteur des personnes qu'il connaissait, parce qu'il était d'humeur diserte ou pour faire honneur à quelqu'un, ou en assombrir d'autres... Le petit « frais » présidentiel est obligatoirement bien apprécié de celui qui le reçoit. Cette fois-là, il n'était que bonne humeur, et c'est à ma vue qu'il s'arrêta. Il me regarda, très détendu, et me dit :

— Alors, ça va, monsieur Gamba ?

— Ça va, monsieur le président.

— Vous êtes déjà allé en ex-Yougoslavie ?

— Jamais, monsieur le président. Je n'ai pas eu cette chance.

— Bientôt vous ne pourrez plus le dire, m'apprit-il dans un sourire assez large où se détendit le masque.

Il était apparemment satisfait de la surprise qu'il me faisait. Elle n'était ni feinte, ni mince. Je me devais d'en référer immédiatement à mon officier, et nous allâmes ensemble voir les pilotes.

— Mon colonel, demanda-t-il, pourrions-nous connaître notre destination exacte ?

— Nous volons actuellement vers Sarajevo.

Ça nous a scié les pattes. Nous savions que Sarajevo était le lieu de rudes combats.

— Dans combien de temps y serons-nous ?

— Nous serons sur zone dans une heure.

Débarquer de la sorte à Sarajevo, sans avoir pu prendre aucune mesure, nous saisit d'inquiétude et d'une certaine panique. Tous nos plans, toutes nos infrastructures si bien rodés ne pouvaient pas s'accorder à une telle aventure. Et il nous était évidemment impossible de nous adresser au président pour le faire plier et encore moins de décider par nous-mêmes de détourner l'avion vers Paris. Dans l'heure qui nous restait, tout ce que nous pouvions faire était de contacter Paris pour essayer avec notre « état-major » d'assurer un semblant de sécurité dans ce contexte fou. D'abord nous fûmes soulagés d'apprendre, en arrivant aux abords de Sarajevo, que l'atterrissage allait être impossible. D'une part les combats entre Serbes et Bosniaques faisaient rage au même moment sur l'aéroport, et d'autre part des véhicules avaient été disposés par les Serbes sur les pistes pour les rendre impraticables.

En 1992, Sarajevo était en pleine guerre : la ville était une enclave bosniaque encerclée et assaillie sans répit par les troupes serbes qui bombardaient la ville. Au moment où nous y arrivions, l'aéroport était une enclave dans l'enclave, aux mains des Serbes et harcelé par les Bosniaques. Les troupes de l'ONU, commandées par le général canadien Mackenzie, comptaient alors un régiment français d'infanterie traditionnelle.

Pour commencer, nous ne pouvions pas atterrir. Qu'à cela ne tienne ! Nous nous détournâmes immédiatement sur Split, en Croatie, où nous nous posâmes en fin de journée. Entre-temps, nous avions pu obtenir que des troupes françaises avec leurs véhicules nous attendent à la descente de l'avion, prêtes à nous guider dans

Split. Nous en étions vraiment réduits à la préparation de toute dernière minute, à cette improvisation qui nous déplaisait. Mais c'est aussi dans ces conditions que l'on peut juger de la force d'une équipe.

Toute cette virée avait été conçue par Bernard Kouchner pour que le président de la République française, en même temps qu'il passait outre le blocus de Sarajevo et en montrait la possibilité, en dénonçât le caractère inadmissible à la face du monde. C'était aussi une action d'éclat personnelle, surprenante et chevaleresque, dans la droite ligne de ce qu'il convenait à François Mitterrand de donner comme image de soi-même. Il ne pouvait accucillir ce projet qu'avec enthousiasme. Et avec cette jubilation anticipée du bon coup, sûrement le moment où elle est la meilleure, que le visage difficilement pénétrable m'avait laissé percevoir à Lisbonne. Grâce à Bernard Kouchner, nous avons pu joindre les personnes nécessaires pour toutes les questions d'intendance qui nous revenaient naturellement. À l'avance, il avait également pu organiser un certain nombre d'entretiens pour le président, à commencer par une rencontre qui aurait lieu à l'hôtel, à Split, avec le président croate Franjo Tudjman.

L'installation à l'hôtel fut expédiée. De notre côté nous étions toujours un peu désemparés, c'était encore le brouillard. La première question fut : « Pourquoi se poser à Split si l'on n'a pas pu le faire à Sarajevo ? » Forcément, le président comptait y retourner. Nous en avions la certitude, confirmée dès le lendemain matin. Cette fois, nous avions une nuit d'avance et nous la mîmes à profit. Nous avions notamment pu prendre tous les contacts utiles pour que les pistes de l'aéroport de Sarajevo soient déblayées. Cependant, cela demeurait une gageure jusqu'à notre arrivée et au moment où nous serions immobilisés sur la piste prêts à descendre. De même pour le cessez-le-feu qui devait être décrété pour quelques heures, le temps du passage de François Mitterrand dans cette ville sous un feu permanent. Le contexte était complètement aléatoire, nous ne pouvions compter sur rien.

En montant dans sa chambre vétuste du mauvais hôtel de Split, pour sa première nuit en Croatie, le président aperçut sa grande malle à costumes que nous lui avions déchargée et apportée du Falcon 900. Il me regarda, mécontent :

— Comment ? Vous avez transporté ça ?

— Mais oui, ce sont vos bagages... Il faut qu'ils vous suivent !

— Mais ce n'est pas nécessaire ! On ne se changera pas. On se lavera à peine !

C'était bel et bien l'aventure. Il était comme un gamin. Il ne semblait pas inquiet, seulement en proie à une espèce d'excitation joyeuse, enchanté qu'il était de sa fugue et par avance de son exploit. Pour les ablutions, il fut fidèle à son exclamation. C'est la seule fois en plus de dix ans où je l'ai vu sortir de sa chambre le matin sans s'être rasé. Le président en baroudeur : ça valait le coup d'œil. J'imagine la petite touche comique supplémentaire si nous avions tous fait comme lui...

Pendant cette nuit, nous étions restés en contact permanent avec Paris pour essayer d'organiser la journée du lendemain. Nous devions faire venir du monde au plus vite à Sarajevo. Il ne s'agissait pas de lésiner ni de traîner. En quelques heures, des transals ont été chargés en unités spéciales qui devaient partir de Villacoublay dans la nuit pour débarquer à Sarajevo au petit matin. C'étaient des hommes du GSIGN (Groupement de sécurité et d'intervention de la gendarmerie nationale), composé notamment des escadrons parachutistes de la gendarmerie. Cent cinquante hommes des troupes d'élite devaient ainsi renforcer notre dispositif, ou pour mieux dire le constituer. En même temps que les hommes se préparaient au départ, nous nous fîmes envoyer deux hélicoptères par le Glam. Il y avait le Super Puma du président et un Dauphin, plus petit. Heureusement que Sarajevo n'est pas au bout du monde.

Pourtant, nous avions bien compris que, si le président avait été aussi discret, c'est qu'il avait une raison. Nous fûmes donc obligés d'aller le trouver pour lui expliquer que nous avions parfaitement saisi son intention d'aller le lendemain à Sarajevo et que par ailleurs nous devions prendre des dispositions pour sa sécurité. Il ne nous fallait plus que son aval. Il a écouté notre petit discours, a laissé s'installer deux secondes de silence, pas plus, puis, pour la première fois depuis que je le connaissais, il a donné une explication nette, d'une clarté parfaite, de ses intentions. J'en suis resté ébahi, autant qu'inquiet.

— Je comprends vos préoccupations, mais je viens chercher ici un effet particulier, qui sera perdu si je débarque dans un lieu déjà investi par deux ou trois cents militaires français. D'abord, je ne serai plus le premier à venir au cœur des combats puisque ces soldats m'y auront précédé, et ensuite tout mérite serait absent d'une démarche ainsi assurée. Donc, vous ne feriez que saboter mon ouvrage. Je dois supporter le maximum de risque. Ne faites venir personne.

Je peux assurer qu'il y avait de quoi rester bouche bée. Entendre François Mitterrand parler de ses intentions, avouer qu'il recherche un « effet », était simplement ahurissant. Je l'avais cru presque engoncé dans ses réflexes de mystère. Mais c'était un homme de ressource.

Seuls les hélicoptères sont venus et nous avons dû annuler tout le reste. Tout affrontement était alors envisageable. Nous étions précisément dans la pire période de cette guerre à Sarajevo et l'assassinat d'un président de la République française ne faisait pas peur à grand monde dans les alentours. François Mitterrand accepta les deux hélicoptères pour faciliter l'approche de l'aéroport. C'était un point essentiel à nos yeux, et nous ne nous avouâmes pas vaincus si facilement pour le reste. Notre obsession ne nous lâchait pas et nous n'allâmes pas nous coucher sur ces clarifications. Nous n'allions certainement pas rester bras ballants à regarder faire l'« ancêtre », comme nous l'appelions souvent. Grâce à Bernard Kouchner, nous avons pu prendre contact avec les troupes de l'ONU sur place, et nous arranger pour qu'une partie du contingent français fût mise à notre disposition à l'arrivée.

Le lendemain matin, très tôt, nous pliâmes bagage sans avoir, pour aucun de nous, dormi une seule seconde. Tout ce que je raconte a nécessité notre activité incessante à tous les quatre. Au moment de monter dans les hélicoptères, le capitaine V. eut l'idée très judicieuse d'intervertir les passagers, en mettant le président dans le petit hélicoptère. Le Super Puma serait probablement plus facilement pris pour cible, d'autant que la logique voulait qu'il s'y trouvât. François Mitterrand accepta aussi cette feinte. Nous ne pouvions pas compter sur les accords de cessez-le-feu et il valait beaucoup mieux que l'attention de tous se fixât sur l'appareil où le président n'était pas. Dans de telles circonstances, il faut compter avec la tension générale, l'extrême nervosité et la hargne de la plupart des protagonistes. De même que sur la pulsion d'un seul, chacun étant assez armé pour abattre un hélicoptère.

Nous décollâmes de Split dans une poussière grise et dans une lumière blafarde. Nous survolâmes toute une région en guerre. Le risque était grand, notre voyage pouvait s'arrêter d'une seconde à l'autre. N'importe quel sniper pouvait décider de nous renvoyer chez le Père.

Tout le monde pouvait voir, à la couleur blanche de nos hélicoptères (celle de tous les appareils du Glam) que nous n'étions ni d'un camp ni de l'autre et que nous étions étrangers. Dans cette cabine où le fracas des rotors nous assourdissait, nous étions complètement impuissants. On s'en pose alors, des questions, sur la psychologie du sniper...

Dans ce voyage au cœur de la guerre, le président était d'un calme olympien. Sa décontraction était totale. Le capitaine V. avait pris ma place dans le petit appareil mais j'avais bien observé François Mitterrand dans les minutes qui ont précédé le départ. Intérieurement je souriais, avec peut-être une pointe de fierté de voir que le président de mon pays était un homme courageux.

En arrivant à l'aéroport de Sarajevo, nous avons pu constater à quel point l'idée du capitaine était lumineuse. Nous étions déjà au-dessus des pistes, à basse altitude, quand un bruit anormal s'est fait entendre. C'était un bruit mécanique alarmant. Je revois très bien la vive inquiétude du docteur Gubler que je tentai de rassurer en lui montrant l'air calme du mécanicien. En fait, l'appareil avait été pris pour cible et l'arbre de transmission au rotor de queue avait été quasiment sectionné. Ce n'était pas un tir à la hanche hasardeux. Nous nous sommes posés en catastrophe. Par bonheur nous arrivions. Si nous avions reçu la même balle cinq minutes plus tôt, notre histoire était écrite. À peine l'hélicoptère du président posé, indemne, deux véhicules blindés aux couleurs de l'ONU vinrent se placer de chaque côté pour faire écran. Des militaires français en armes avec leur gilet pare-balles entouraient ce dispositif et un troisième blindé les rejoignit, par l'arrière duquel sortit le général Mackenzie, venu accueillir François Mitterrand. Mes trois compagnons et moi, hommes de la sécurité, nous regroupâmes autour de lui et le mîmes à l'abri dans le même blindé dès la main du général lâchée. Cette fois, je montai avec le président.

Notre but était de passer la ligne de front pour rejoindre Sarajevo même. Nous devions passer par la « sniper alley », de triste mémoire. Dans ses grands immeubles sombres et dévastés se cachaient les tireurs des deux camps qui faisaient feu sur tout ce qui avait forme humaine. L'allée des snipers était réputée infranchissable. Toute la zone que nous traversâmes était incontrôlée mais nous passâmes pour parvenir au cœur de la ville.

Le président Izetbegovic nous accueillit. Ce fut un sacré spectacle ! Nous avions en face de nous, qui l'encadraient, les hommes de la sécurité bosniaque en tenue de guerre, avec leurs armes de guerre ostensiblement tenues, pas comme des accessoires mais comme des outils de travail, qui leur faisaient des membres monstrueux. En plus, leur comportement était exubérant. Tout cela m'aurait plutôt amusé si nous avions seulement pu savoir en qui avoir confiance. Un déjeuner eut lieu avec les deux présidents, tout au long duquel nous entendîmes des tirs incessants dans la ville. Le plus simplement du monde, les deux présidents décidèrent d'aller faire un tour après le déjeuner, comme s'ils étaient à Paris. Ne jamais déroger aux bonnes habitudes… François Mitterrand voulait déposer une gerbe de fleurs à l'endroit où un obus de mortier venait juste de provoquer un massacre en pleine rue et en plein jour. Ce qu'il fit. Il put aussi visiter l'hôpital de Sarajevo où étaient soignés les blessés civils. Il avait également l'intention de se rendre à l'endroit où François-Ferdinand avait été assassiné, l'héritier du trône d'Autriche qui devint la cause directe du consciencieux anéantissement de 1914-1918, et par conséquent de l'état actuel de la Yougoslavie. Mais il ne put le faire.

Le président était toujours aussi décontracté. Pour ma part, je l'étais beaucoup moins. J'ai même pu sentir qu'il cherchait à détendre l'atmosphère. En quittant l'aéroport pour la ville, ce qui était un passage d'une extrême délicatesse, j'étais assis dans le blindé juste en face de lui. Sur le revers de ma veste, j'avais un insigne de la sécurité que nous portions dans les voyages officiels et qu'à l'époque nous appelions bêtement pin's. Certains diraient affiquet. Le président me regarda avec son air plutôt affable, son regard rieur. J'étais anxieux et il devait le voir. Pas pour moi, mais parce que le président était entre nos seules mains. Je sais qu'à Paris les nôtres n'en menaient pas large non plus. Je ne tenais pas particulièrement à me distinguer, pour une postérité aléatoire, comme celui qui était là le jour où l'on tua le président de la République à Sarajevo. Et qui accessoirement avait sauté avec. Il me demanda :

— Qu'est-ce que vous avez là, au revers de votre veste ?

— C'est un pin's que nous portons en voyage officiel.

— Ah, c'est bien, me répondit-il.

Puis il prit le revers de sa veste, baissa les yeux sur sa rosette et me dit :

— Eh bien ceci, c'est le pin's du président.

Il était plein de bonnes intentions et la meilleure preuve est de l'avoir entendu prononcer ce mot de « pin's » qui l'aurait rendu furieux dans une autre occasion, à l'entendre seulement, et qui n'aurait en tout cas jamais pu franchir ses lèvres.

François Mitterrand a été acclamé dans les rues de Sarajevo, ainsi que la France. Entendre « Vive la France ! » m'a toujours donné des frissons, à plus forte raison quand c'était crié par des étrangers, en français ou dans leur langue. Un court moment, par cet acte d'un vieillard courageux et pourtant si décrié, la France s'était retrouvée. Un court moment...

De retour à l'aéroport, nous avons trouvé les autorités serbes. Le climat était encore calme sur place, mais des détonations de tirs lointains nous parvenaient en s'intensifiant tout le long de la matinée. Nous allions à la rencontre de Radovan Karadzic, représentant des Serbes de Bosnie qu'il est inutile de présenter, et de Ratko Mladic, général qui commandait les troupes serbes de Sarajevo. Aujourd'hui, ces deux hommes sont recherchés pour crime contre l'humanité. La réunion eut lieu dans un bâtiment sinistre de l'aéroport. Les deux chefs serbes tentaient d'expliquer au président comment ils avaient été agressés par les Bosniaques. J'ai participé à la traduction de cette discussion qui se déroulait pour une grande part en anglais. J'ai cru voir que le président les écoutait par pure diplomatie. En ce qui me concerne, je suis plus dubitatif. Je ne mets pas en cause la culpabilité de Karadzic et Mladic comme assassins. Mais je sais seulement que quelques années auparavant les Serbes furent les seuls dans toute cette zone de l'Europe à se battre contre les Nazis pendant que les Bosniaques et les Croates constituaient les rangs de la Waffen SS. Je me sens aussi obligé de rappeler que la Bosnie a accueilli des camps d'entraînement de terroristes islamistes aussi efficaces que ceux d'Afghanistan. Des assassins y ont appris leur métier avant de venir l'exercer à Paris ou à Alger...

L'entretien fut rapide : une quinzaine de minutes. Vraiment de pure forme. C'est quand il touchait à sa fin que j'ai vu François Mitterrand commencer à devenir nerveux. Comme nous tous, il savait – ça devait s'imposer en cet instant à son esprit, sans doute parce qu'il était si proche du but – que toute cette opération aurait pu tourner au drame, et devenir une erreur exemplaire.

À cette occasion, Bernard Kouchner fut remarquable : efficace, donnant l'impression de savoir de quoi il parlait et de maîtriser autant que possible la situation. À la fin de l'entretien, des bruits de canonnade se firent entendre, très proches cette fois, à quelques jets de pierre. Les combats éclataient sur l'aéroport même. Nous voyions par les fenêtres d'inquiétants mouvements de blindés, nous entendions cracher les armes automatiques. Des obus tombaient sur les positions serbes. L'un d'eux tomba si près qu'il fit trembler les murs et qu'il me sembla que les vitres approchaient de leur point de rupture. Ce même obus tua neuf soldats serbes. Le président saisit ce moment pour clore la discussion. Nous vîmes subitement arriver le général Mackenzie qui nous apprit que la situation était désormais incontrôlable. Le pilote de l'hélicoptère vint à son tour annoncer au président qu'il était dans l'impossibilité de décoller. Les combats étaient trop violents. Entre-temps, les pistes avaient été déblayées et le Falcon 900, rapatrié de Split, avait été endommagé par un blindé serbe qui l'avait intentionnellement percuté, juste avant que ses deux occupants ne fussent tués et que leur engin ne partît en tonneau dans un fossé. Le général Mackenzie insista :

— Tous les jours les combats s'intensifient dans l'après-midi et le calme ne revient qu'après la nuit. Vous devriez passer la nuit dans les locaux de l'ONU et vous pourrez partir demain matin sans problème.

Le capitaine V., mon supérieur, abondait dans ce sens. Puis il proposa :

— Si vous voulez absolument partir aujourd'hui, nous pouvons remonter dans les véhicules blindés, parcourir une trentaine de kilomètres en traversant les lignes jusqu'à une zone sûre, à l'écart des combats, où les hélicos viendront nous chercher...

Je regardai le président. Il était extrêmement contrarié par tout ce qu'il entendait, assailli par des avis contraires à son désir. Toutes proportions gardées, nous étions un peu dans la même situation que celle des encombrements de Paris. C'est qu'il était capricieux ! Il était pourtant facile d'évaluer la situation. Il suffisait de tourner la tête vers la fenêtre pour voir passer les blindés, et percevoir les grondements sans ambiguïté qui les accompagnaient. Le président cherchait désespérément un appui. De mon côté, je comprenais la même chose que lui : si nous restions bloqués, tout l'effet recherché et trouvé jusque-là serait anéanti. J'imaginais bien le gros titre : « Le président Mitterrand force le siège de Sarajevo », devenant : « François Mitterrand piégé dans Sarajevo ». Il se retourna alors, un peu machinalement, cherchant une inspiration, et il me vit. J'entendis :

— Alors monsieur Gamba, qu'est-ce qu'on fait ?

Les autorités avaient parlé et c'est à moi qu'il se raccrochait. J'inspirai un coup et je lâchai :

— Si on ne part pas maintenant, monsieur le président, on va rester ici deux ou trois jours. Il faut y aller.

J'étais en opposition ouverte avec ma hiérarchie. Mais c'était ce que je pensais, et exactement ce qu'il voulait entendre. Son visage n'a pas pu, cette fois, masquer son contentement. Il a dit :

— Bon, je rentre. On y va maintenant.

Maintenant, c'était maintenant. Je n'ai eu que le temps de lui passer un gilet pare-balles. En sortant du bâtiment, les soldats français nous entouraient en formant un rempart humain. Les blindés avançaient de part et d'autre pour faire écran de leur masse. De la sorte nous avancions sur le tarmac en direction de l'hélicoptère. Nous étions littéralement sous le feu, au cœur de la guerre. Nous n'étions pas visés mais ça tirait dans tous les sens. Nous arrivâmes à l'appareil. Le pilote s'apprêtait à décoller malgré soi. Pas question de discuter. Il avait présenté les risques mais il n'avait rien à dire au-delà. Le président grimpa dans l'hélicoptère, suivi de Bernard Kouchner et de trois hommes du GSPR, dont moi.

Nous étions désormais dans le Dauphin. Nous avions dû rendre les gilets pare-balles aux troupes de l'aéroport. Comme il se retrouvait sans protection, je voulus l'enrouler dans une couverture antigrenades, l'une de ces couvertures en kevlar que nous prenions souvent avec nous. Je commençai ma gestuelle pour enrober François Mitterrand mais il se retourna et me demanda abruptement :

— Que faites-vous ?

— Monsieur le président, j'essaie de vous protéger. Pour l'instant ça se passe bien mais on peut être la cible de tirs au décollage... Si les tirs ne nous abattent pas, ou si on ne reçoit pas un tir d'arme lourde, vous au moins vous serez protégé des balles.

— Écoutez-moi, me dit-il, très calme, moi je suis vieux, ma vie je l'ai vécue et si je meurs maintenant ce n'est pas grave. Vous, vous êtes jeune, vous avez de nombreuses années à vivre et beaucoup de choses à faire, alors cette couverture, c'est vous qui allez l'utiliser.

— C'est impossible, monsieur le président. Mon métier est de vous protéger.

— Je vous donne l'ordre de vous servir de cette couverture. Et puis regardez, il y a des journalistes, je ne veux pas donner l'impression d'avoir peur.

C'était élégant : la bravoure et la modestie par l'autodérision. Il y avait donc bien du panache dans cet homme-là.

— Alors retirez-moi ça et servez-vous-en !

Comme le pilote, je dus obéir. C'était également mon devoir. Et, même si le premier de mes devoirs était de protéger sa vie, je n'allais pas me mettre à ficeler le président. Je retirai donc la couverture, je la pliai et la mis sous son siège pour qu'il y ait malgré tout un écran par en dessous. J'ai évidemment désobéi à l'ordre de la mettre. J'avais deux camarades dans l'avion. On n'aurait pas pu rentrer à trois dedans...

Très vite, l'hélicoptère s'arracha du sol. La piste s'éloigna, puis les environs de Sarajevo. Après quelques minutes nous fûmes hors de danger. Mais ces minutes furent longues et lourdes. Seul le président était tranquille. Je peux affirmer qu'il n'a pas eu peur de la mort une seule fois dans toute cette équipée. Je ne peux pas dire s'il en a jamais eu peur. Je me demande s'il ne l'a pas vue venir comme une vieille connaissance.

À Split, nous avons récupéré le Falcon 900 qu'on avait réussi à faire repartir, avec tous ceux qui étaient restés derrière nous. Le plein des appareils fut fait pour le voyage de retour, et l'aile abîmée arrangée au mieux par le mécanicien. En attendant, des petits groupes se formaient et discutaient de ce qui avait eu lieu. Naturellement nous nous tenions à l'écart. Puis nous avons quitté la Croatie pour Villacoublay. Après deux heures de vol nous nous sommes posés en France.

Au sol, à la sortie de l'avion, le gouvernement au grand complet attendait en rang pour accueillir le président. Je ne sais pourquoi mais ils me firent l'effet d'une cour des miracles. C'était l'époque où Pierre Joxe était ministre de l'Intérieur. Je n'étais pas son plus fervent admirateur, pas plus que lui n'avait de sympathie pour nous. Dans l'avion, nous avions été prévenus du comité d'accueil. En l'apprenant, Bernard Kouchner s'adressa à moi :

— Ce n'est pas la meilleure part qui nous attend.

Je partageais bien cette opinion et je suis sûr qu'il était sincère. Il était davantage à son affaire à Sarajevo que dans les cocktails parisiens. J'ai quitté le président à ce moment-là. J'ai eu des explications à donner à ma hiérarchie parce qu'on me reprochait, avec les trois autres, d'avoir permis cette aventure périlleuse. Mais c'était plus pour le principe que pour la réprimande. Le voyage de Sarajevo a eu les répercussions qu'on connaît.

Un mois plus tard, en juillet, nous nous retrouvions à Munich pour un sommet des pays les plus industrialisés. J'étais engagé pour cette mission comme responsable des appartements présidentiels. Le sommet avait commencé depuis le matin et en fin d'après-midi le président rejoignit son gîte. Il arrivait entouré de l'auguste aréopage. L'astre avec les satellites jamais certains de leur orbite. C'étaient toujours à peu près les mêmes. Ce jour-là, je notais une certaine agitation. On discutait de choses et d'autres. « Je vais faire ci, ça... » et il m'aperçut dans un coin, impatient que j'étais de voir partir tout ce monde. Il arrêta net la discussion, laissa tout le monde en plan et fit quelques pas vers moi.

— Mais qu'est-ce que vous faites là, monsieur Gamba ?

— Monsieur le président, je suis chargé de votre sécurité à l'intérieur de vos appartements.

— Comment ça ? Avec ce que vous avez fait pour moi à Sarajevo on ne vous a pas donné un mois de vacances à Cannes, au Carlton ?

Je ne sais pas pourquoi Cannes et le Carlton, mais je lui répondis que mon chef, le lieutenant-colonel F., n'était pas loin, et qu'il pouvait, s'il le souhaitait, s'en entretenir avec lui ; personnellement, ça ne me dérangerait pas. Il devait donc estimer que mes camarades et moi avions bien travaillé et que nous avions été à la hauteur de la situation. Nous n'en doutions pas, mais ce n'était pas mauvais à entendre.

20

François Mitterrand avait un cancer de la prostate. Nous savons aujourd'hui qu'il était malade en arrivant à l'Élysée en 1981, mais à l'époque nous-mêmes l'ignorions. Je ne m'étendrai pas sur la falsification des bulletins de santé. Intellectuellement, c'est-à-dire pour l'essentiel de ce que sa charge exige, je ne l'ai jamais vu, et jusqu'aux derniers jours, un tant soit peu diminué. J'ai bien conscience que mon jugement sur ce sujet ne peut pas être considéré comme aussi infaillible que s'il concernait, par exemple, les explosifs, mais je crois que sa capacité d'analyse ne fut jamais altérée.

J'ai su personnellement qu'il était malade un dimanche soir de l'automne 1992. Nous avions quitté Souzy-la-Briche pour l'hôpital. Je le soupçonnais si peu que je crus jusqu'au bout qu'il allait rendre visite à une connaissance. Il s'agissait bien de lui. Mais tout était si discrètement mené ! Par ailleurs, il ne faut pas s'imaginer François Mitterrand, dès que les portes se ferment sur lui pour les caméras, les appareils photo ou les yeux des témoins, jeté sur une chaise ou un lit roulant où il aurait été branché à des tuyaux en urgence. Pour la santé du président, les consignes que nous recevions provenaient du service médical de l'Élysée et pas du docteur Gubler. En ce qui me concerne, il avait beau être le médecin particulier du président, je n'ai jamais eu l'impression qu'il le soignât. Peut-être se chargeaitil d'une injection miraculeuse dans le secret mais je n'ai jamais assisté à rien de semblable. Je me rappelle parfaitement qu'on a présenté le docteur Gubler, il y a quelques années, comme une sorte de magicien qui aurait maintenu de longues années la vie et l'activité du président, d'un moribond qui aurait résisté grâce à lui un temps inconcevable, malgré la griffe de la mort déjà sur lui. Je crois qu'il y a pas mal de fantasmes aussi là-dedans. Le docteur Gubler était effectivement présent tout le temps. Il nous accompagnait dans tous les voyages officiels et il passait souvent quelques minutes avec le président au moment où il rentrait dans ses appartements. Minutes peut-être suffisantes pour prendre le remède miracle. J'en doute. Le reste du temps, dans les voyages officiels, le docteur se promenait et faisait des courses. Ce n'est pas ma conception du médecin d'un homme rongé par la maladie. Il m'a toujours fait l'effet, et pas seulement à moi, d'un personnage farfelu. Il avait une drôle d'allure, que tout le monde connaît, avec son costume de velours et ses côtelettes sur les joues. À vrai dire il ne faisait pas très sérieux. Ce que je peux affirmer, c'est que ce n'est pas sur lui que nous comptions en cas d'accident, et que s'il était arrivé quelque chose nous l'aurions prévenu par correction mais le président ne lui aurait pas été confié.

C'est à partir de la deuxième opération que l'état de François Mitterrand est devenu franchement visible. Depuis ce jour, nous avions des consignes spéciales du service médical pour l'organisation de ses activités. Nous devions surtout lui aménager de nombreux temps de repos dans la journée. Il fallait aussi veiller à lui épargner toute fatigue évitable, comme la montée d'escaliers trop longs, comme les soirées trop prolongées, ou comme les dîners officiels sans fin que nous demandions au protocole de raccourcir. Nous devenions un peu des nurses.

À deux reprises, François Mitterrand eut un malaise en public lors de réunions officielles. Les deux furent médiatisées. La première pendant un dîner à l'Élysée qu'il a dû quitter le temps de se faire remonter avant de rejoindre ses invités, et la seconde devant les caméras de télévision. On a dû le prendre par le bras et l'emmener à l'écart pour que sa défaillance passe autant que possible inaperçue. Ce ne fut pas le cas.

Dans le cadre privé, l'activité de François Mitterrand s'était considérablement réduite. Il ne marchait que très peu et ne sortait presque plus dans Paris. Il restait beaucoup enfermé. Il a essayé de continuer à jouer au golf mais la dépense d'énergie était devenue trop grande, et il dut y renoncer pour toujours. Il continuait à recevoir des femmes, mais cela aussi s'était raréfié et il ne les voyait plus que pour quelques déjeuners.

Dans ses deux dernières années de septennat, il n'était plus que l'ombre de lui-même. J'ai parlé de celui qu'il était dix ans auparavant, qui sortait tous les soirs, rentrait dans la nuit avancée, déjeunait plusieurs fois par semaine avec du monde au restaurant, voyait des amis tout le temps... Là, plus de réception, même plus le passage symbolique à la réception donnée par un député qu'il voulait distinguer. Nous finissions alors notre service à huit heures du soir au lieu des trois heures du matin d'autrefois. À l'Élysée, et dans tous les endroits qu'il avait habités et que son activité, discrète mais toujours puissante, avait animés, tout se mourait lentement.

Ce fut une chance à nouveau que cette seconde cohabitation. La première avait servi à préparer sa réélection, celle-ci lui permit de se reposer, car il n'aurait pas pu soutenir le travail exigé d'un président en plein exercice. François Mitterrand avait à nouveau tout ce qu'il lui fallait de temps libre, mais sans la force d'en user. Il ne pouvait plus lui servir qu'à essayer de se soigner.

Avec la maladie avérée et reconnue, l'entourage se clairsema comme les plaisirs. Il n'y avait vraiment plus grand monde autour de lui. Un vieux président de la République malade est un homme seul comme un autre. Tous ses vieux amis étaient morts, et la plupart de ses alliés politiques traînaient derrière eux de lourdes casseroles liées notamment au financement de parti ou au sang contaminé... Heureusement pour eux, il suffit de quelques années pour en être débarrassé aussi simplement que l'on coupe un fil. Il se rendait encore, rarement, au restaurant, avec sa fille ou la mère de sa fille, parfois toutes les deux ensemble. Ce fut l'époque du repas chez *Le Divellec* qui lui a permis, par des photographies que nous avons autorisées parce qu'il le voulait (le reportage ne serait pas paru malgré nous), de révéler à ses concitoyens qui l'avaient élu deux fois l'existence de Mazarine.

Autour du président l'activité était donc en sommeil. Et ce n'était pas un sommeil prometteur. Nous étions dans un camp déserté où l'on n'a plus de bataille à livrer et où il n'y avait plus de grand soir à espérer. La seule bataille était celle d'un seul homme, celle qui est perdue d'avance. Pourtant, François Mitterrand n'avait pas encore cessé de lutter. Je ne sais s'il avait un réel espoir de guérison, mais je tends à penser qu'il l'a caressé jusqu'à la veille de son départ. Car, malgré son âge, il n'était pas homme à baisser les bras devant la maladie. Il aimait encore l'affrontement qui le stimulait. Contre cet ennemi encore, il s'est bien battu. Ce que je ne saurais dire, c'est s'il luttait par réflexe ou pour le principe du combat.

Qui lui restait-il ? Sa fille et la mère de sa fille, qu'il voyait toujours quai Branly, où il rentrait désormais quasiment en fin d'après-midi. Michel Charasse qui était en poste à l'Élysée, et à qui on ne peut pas retirer d'avoir été l'un des rares fidèles de la dernière heure. Également Pierre Bergé, qui passait de temps en temps lui rendre visite, et qui doit être doté de quelques qualités humaines. Et puis nous, la bande d'« affreux », les auteurs impunis de tous les mauvais coups imaginables, les « assassins »...

Tous ceux qui avaient furieusement gravité autour du président pendant des années ont alors disparu. Égaillés comme une volée de moineaux. La raison en est évidente. La fin de règne, et nous y étions (c'était même la fin de toute une époque), empeste pour un courtisan. Tout son travail est évanoui, à refaire. D'abord choisir le prochain bon cheval, car en République il n'y a pas d'héritier du trône. Or ces deux dernières années de présidence d'un homme malade et épuisé qui ne serait plus jamais au pouvoir pouvaient être beaucoup mieux mises à profit que passées à son chevet. On vit alors apparaître une autre sorte de profiteurs, la touche finale pour parfaire le tableau d'une déchéance : les improbables guérisseurs. Le président se tournait vers eux en désespoir de cause. Il finit même par abandonner tout à fait les traitements de la médecine traditionnelle devenue complètement impuissante. Il s'était entiché d'une tisane dont il emportait partout le mélange pour en boire une tasse tous les soirs. Elle était peut-être une rémission de la douleur. Un jour, je l'ai même goûtée. J'y ai senti de la réglisse. J'ai fait ça par curiosité, à cause de l'importance qu'il attachait à « sa tisane ». Cette décoction était devenue, sans exagération, l'un de ses centres d'intérêt. Puissance de l'espoir... Qui aurait pu prédire que François Mitterrand allait devenir obsédé par un sachet d'herbes sèches ?

Cette époque de la tisane était celle où il préparait son départ de l'Élysée. En quittant sa fonction, chaque président de la République a droit à un appartement de la dite République jusqu'à sa mort. François Mitterrand allait s'installer avenue Frédéric-Le-Play, l'une de ces trois rues qui jouxtent le Champ-de-Mars en se suivant, parallèles à l'avenue de La Bourdonnais. C'était un très bel appartement. Ses derniers mois au palais dont il fut le locataire le plus opiniâtre se passèrent ainsi pour une grande part à visiter et surveiller les travaux de sa future demeure. Nous n'assurions plus qu'un extrême minimum de déplacements officiels. Malgré son état, il a trouvé la force d'enregistrer plusieurs heures d'entretiens avec Jean-Pierre Elkabach pour la télévision. Cet enregistrement a été diffusé en 2000 : on l'y voit en possession de tous ses esprits. Il n'a même rien perdu de ses bons vieux réflexes puisqu'on le voit tomber à bras raccourcis sur une réalisatrice qui dit « OK », et qu'il harcèle pour savoir pourquoi « OK », pourquoi elle ne parle pas en français, etc. Comme elle le connaissait, elle s'en est très bien sortie :

— Parce que j'ai tort, monsieur le président.

Le jour où son père n'a plus été président, Mazarine s'est vue naturellement débarrassée des deux anges gardiens qui ne l'avaient pas lâchée d'une semelle pendant quatorze ans. Ils étaient dix au total. Je n'ai rien su précisément des liens qu'elle avait pu tisser avec eux, ni comment ils se quittèrent, s'ils ont pu devenir un peu comme des camarades. Je sais seulement que certains lui ont proposé leur aide au cas où un jour elle en aurait besoin.

François Mitterrand bénéficia d'une protection jusqu'à sa mort. Elle était assurée par des camarades volontaires, ceux qui portèrent son cercueil pour ses derniers mètres parcourus sur terre.

L'ultime sortie officielle du président fut pour la cérémonie du 8 mai 1995, pour la passation des pouvoirs. Je le vis sortir sur le perron de l'Élysée, le tapis rouge déroulé pour ses pas, serrer la main du président Chirac, monter dans sa voiture et quitter le palais. Et c'est ma dernière image de lui.

6490

Composition Nord Compo
Achevé d'imprimer en France (Manchecourt)
par Maury-Eurolivres
le 3 septembre 2003.
Dépôt légal septembre 2003. ISBN 2-290-33499-5

Éditions J'ai lu
84, rue de Grenelle, 75007 Paris
Diffusion France et étranger : Flammarion